德米安：
彷徨少年时

[德]赫尔曼·黑塞 著
赵丽慧 译

民主与建设出版社
·北京·

© 民主与建设出版社，2019

图书在版编目（CIP）数据

德米安：彷徨少年时 /（德）赫尔曼·黑塞著；赵丽慧译. --北京：民主与建设出版社，2019.6（2021.8）
ISBN 978-7-5139-2492-4

Ⅰ.①德… Ⅱ.①赫…②赵… Ⅲ.①长篇小说—德国—现代 Ⅳ.①I516.45

中国版本图书馆CIP数据核字（2019）第094110号

德米安：彷徨少年时
DEMI'AN PANGHUANG SHAONIAN SHI

出版人	李声笑
著　者	（德）赫尔曼·黑塞
责任编辑	刘树民
装帧设计	嫁衣工舍
出版发行	民主与建设出版社有限责任公司
电　话	（010）59417747　59419778
社　址	北京市海淀区西三环中路10号望海楼E座7层
邮　编	100142
印　刷	大厂回族自治县德诚印务有限公司
版　次	2019年8月第1版
印　次	2021年8月第2次印刷
开　本	880毫米×1230毫米　1/32
印　张	6
字　数	100千字
书　号	ISBN 978-7-5139-2492-4
定　价	45.00元

注：如有印、装质量问题，请与出版社联系。

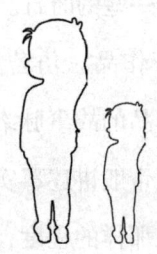

序言

我的故事,要从那懵懂的童年说起,而似乎又可追溯到更远一些的时日。

作家之于作品,仿若上帝之于世界。作家能够全盘把握作品的故事脉络以及角色的生活轨迹,因此能够如上帝般讲述事实,而不加任何粉饰。我无法达到作家那样的程度,但这个故事对我来说意义非凡,远超作品对作家的重要性,因为这是我自己的故事,故事中讲的是鲜活的人,而非经理想化处理、虚构的空洞角色。但相比前人来说,我们这个时代的人似乎彼此缺乏理解,尽管每个人都是大

序言

自然独一无二的造物,但陷于无情的杀戮①。如果个体缺乏独一无二的特质,或一颗子弹便可一了百了,那么本故事便毫无意义可言。然而,每个人都不仅仅为自己而活,而是代表着与世界之间独特、重要、非凡且具有偶然性的交融,因此每个人的故事都永恒而神圣,而每个人的一生都意义非凡。每具肉体的精神都独一无二,每个人的诞生都意味着造物主在忍受苦难,而每个人背后都有一位救世主

---

① 第一次世界大战,爆发于19世纪末20世纪初,这是一场为重新瓜分世界和争夺全球霸权而爆发的世界级帝国主义战争。

被钉在十字架上①。

如今,几乎没有人能够真正理解何为人。恰恰是无知让他们能够安然地面对死亡。讲完这个故事,我想我也能够泰然处之了。

我并不认为自己比他人明智多少。这些年来,我始终在努力探寻真相,现在已经放弃观星或阅读,转而开始聆听自己内心深处的声音。我的故事并不那么欢乐,不像虚构的故事那样甜蜜而和谐,反而充满荒谬、混乱、疯狂与幻想,恰如不愿继续自欺之人的生活。

---

① 即耶稣,在基督教中,耶稣出于对世人的爱与救赎而被钉死在十字架上。

序言

人的一生就是探寻自我的过程，而在这个过程中，每个人都会面临各种选择。尽管未曾有人真正实现这一目标，但每个人都以各种方式，或笨拙或明智，朝着这个方向努力。每个生命都带有其自身的出生痕迹，并始终铭刻在基因中，直至死亡。一些生命从未进化成人，比如青蛙、蜥蜴或蚂蚁，还有一些成功了一半，如美人鱼。然而，它们却代表着自然在造人过程中的种种尝试。尽管我们出生时均类似，但在奋斗后拥有不同的命运。我们似乎能够了解他人，但只有自己才能真正读懂自己。

目录

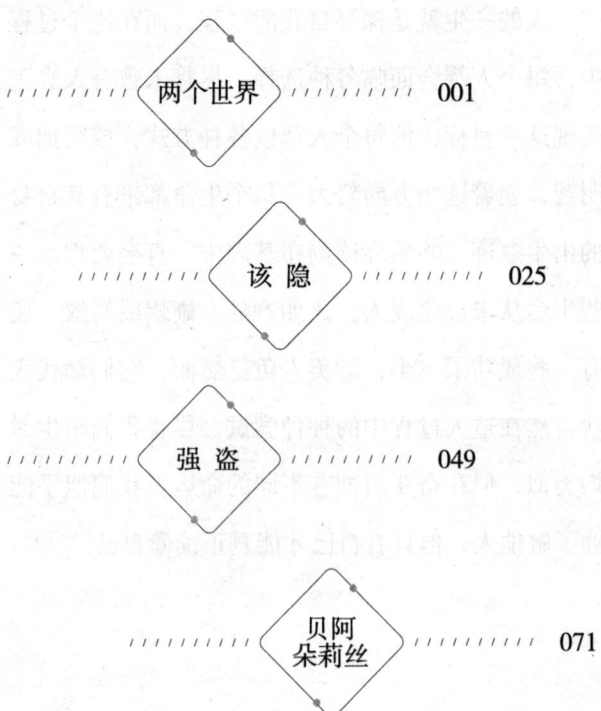

两个世界　001

该　隐　025

强　盗　049

贝阿朵莉丝　071

目录

鸟儿破壳而出 ———— 095

雅各与天使摔跤 ———— 117

艾娃夫人 ———— 143

结束与新生 ———— 171

两个世界

我的故事始于十岁那年,当时我正在镇上的拉丁文学校读书。

在我的记忆中,那段时日既有甜蜜也有忧愁。小镇的巷子或阴暗或通明,两侧遍布各式住宅,远处还有塔楼和钟楼。家中的房间有些华丽、舒适、温暖又令人放松,还有些隐藏着某种秘密。年轻的女仆、弥漫的药材味,以及桌上的果脯,都让我感到既温暖又亲切。

日与夜的交替创造了两个截然不同的世界,彼此交织在一起。父母的房间自成一个世界,这个世界十分狭小,实际上仅有父母两人生活在其中。我熟悉这个世界的种种,包括父母的慈爱与严厉以及各种规矩与学业要求。这个世界阳光灿烂、明晰、洁净,我们谈话温文尔雅,饭前洗手、衣着整洁,并时刻保持礼貌。每日清晨,我们都会唱赞美诗,也会在圣诞节大加庆祝。未来似乎一片坦然,既有责任、愧疚、忏悔、宽恕、善举,又有仁爱、敬畏以及《圣经》智慧与箴言。一个人若想要明明白白地生活,那么他就应竭尽全力维护这样一个世界。

然而,在这个世界中还重叠着另一个世界,一个截然不同的世界，弥漫着不同的气息。这个世界的人们说着不同的语言、做着不同的承诺，并提着不同的要求。女仆与工匠生活在其中，他们时常讲鬼故事并散播流言蜚语。整个世界充斥着惊悚却又神秘的场所和事物，比如屠宰场、监狱、酒鬼、粗鲁的妇人、产犊的母牛、奄奄一息的马匹，以及抢劫、谋杀甚至自杀事件，尽管野蛮、粗鲁且丑恶，但又极具诱惑。它们就在周围，甚至仅在一个巷子、一间房屋之外。随处可见警察、流浪汉以及家暴的醉汉，年轻女工在傍晚时分从工厂中蜂拥而出，甚至会遇见某位老巫婆、藏在树林中的强盗以及被警察押解的纵火犯。这个世界的各个角落都充斥着混乱的气息，只有在父母的房间才存有一丝秩序。这其实也是一种幸运，我可以在一个世界中享受平静、整洁、静谧、心安、宽恕、仁爱与规矩的氛围，然而，那个喧嚣、阴暗与暴力的世界也有其存在的意义，一步之遥便形成鲜明的对比。

　　这两个世界紧密地重叠在一起，这一点着实令人费解。例如每个傍晚当我们进行晚祷时，女仆乌娜会事先洗手并整理整理围裙，然后坐在客厅门口同我们一起祈祷，这时她便进入了我们所营造的这个光明、正义的世界。但当她回到另一个世界后，在厨房或柴棚，她仿佛变了一个人，会再给我讲"无头的小矮人"这样的鬼故事；同时，她还会与隔壁肉店老板娘讨价还价。这些都与我的生活息息相关。我是我父母的孩子，因此我毫无疑问属于光明、正义的世界。但不论我朝向哪个方向走，都会迈入另一个世界，我在这个世界中属于一个陌生人，时常会感到恐慌与内疚，但我确实也生活在其中。有时候，我甚至想要生活在另一个世界中，因为每当我返回光明的世界，我觉得它似乎过于单调乏味。还有些时候，我十分确定我会沿着父母的道路，过一种质朴、有序而优越的生活。但在那之前，我需要规规矩矩地上学、考试。在这条路上，我需要穿过那个阴暗的世界，稍有不注意，便可能会滞留其中。有段时间，我热衷于阅读一些关于少年误入歧途的故事，这些故事的主人公最终都迷途知返。尽管我认为结局就应该这样，但我更感兴趣的却是那些邪恶与迷失。说实话，有时候我并不希望看到浪子回头，但甚至没有人敢这样想，更不用说大声说出来了，而仅仅作为一种暗示，掩藏在意识的深处。我能够想象，经过一番伪装或完全没有伪装的魔鬼就在楼下大街、集市或酒吧中，但绝无可能出现在我的家中。

同时，我的姐姐也生活在光明世界中。在我眼中，她们似乎与父母更亲近。她们更加温文尔雅，当然也会偶尔犯个小错，但相比我来说，她们很少犯错，严重程度也轻得多。我更倾向于接触罪恶的事物，似乎离那个阴暗的世界更近；她们像父母一样更受人欢迎。每次我与她们吵架，事后总是自责，认为自己应该寻求原谅。冒犯她们即意味着冒犯父母，因为她们代表着真与善。于是，我有什么秘密宁愿告诉街边的无赖，也不愿意与她们分享。高兴时，我也很乐于与她们玩耍，会像她们一样乖巧，恰似小天使一般。这是我记忆中最和谐的时刻，但仅出现过寥寥几次。通常情况下，玩着玩着我就会耍性子，然后我们便会开始争吵，进而变得歇斯底里，做出一些连我自己都受不了的事，说出很多难听的话；之后，我会后悔自责好几个小时，踌躇着寻求她们的原谅。最后，对她们的原谅心怀感激，重又变得开心快乐起来。

跟我同班的还有镇长和林务官的儿子，我们之间还算熟悉。他们虽然有些不羁，但总体来说，我们都属于第一个世界中的人。我们这个世界的人通常都看不起公立学校的孩子①,但我却更愿意与他们接触。我的故事便从一个邻家男孩说起。

我十岁那年,趁着半天假期,我约了两个男孩出门玩。半路上,我们遇到了弗朗兹·克罗默,他是镇上裁缝的儿子,长得十分壮硕,同样在公立学校读书。他的父亲经常酗酒,家庭的名声十分不好。我听说过他,并有些怕他,因此一点都不乐意他加入我们。他当时已有成年男性的特征,模仿工厂工人的言行举止。那天,他领着我们从桥头爬下河堤,然后钻进桥拱中。桥墩与缓慢流淌着的河水之间有一条狭窄的带状区域,上面堆积着一些垃圾、陶瓷碎片和生锈的铁丝等。有时候,可以在这个地方捡到一些有用的东西。

弗朗兹·克罗默让我们翻找这片垃圾堆,并让我们把找到的东西给他过目。有些东西他会装进口袋中,而其他的他会直接扔进河里。他命令我们翻找铅、铜或锡制品,这些东西他都会装走,那天我们还找到了一个旧的牛

---

① 富裕的上层阶级奉行精英教育,一般安排孩子就读昂贵的私立学校,而普通阶级的孩子通常只能就读公立学校。

角梳。在他旁边，我总是觉得惴惴不安。我知道，父亲一定不会同意我跟他来往，我也从心底里怕他。但是，我又十分高兴他能接受我，而不区别对待。尽管那是我第一次见到他，但很自然地听从他的命令，这似乎早已成为老规矩。

翻找了一番之后，我们坐在一旁休息。弗朗兹朝着河水吐唾沫，这让他看起来更像个成年人。唾沫从牙缝中吐出，可以准确地命中目标。渐渐地，话匣子打开了，他们开始吹嘘在学校中的英雄事迹和恶作剧。我坐在一旁，静静地听着，但又害怕我的沉默会让他不满。在遇到弗朗兹·克罗默后，我那两个朋友便开始有意无意地疏远我。对他们来说，我仿佛是一个异类，我的行为和穿着与他们格格不入。我的学校、我的出身意味着弗朗兹不可能喜欢我，同时我还敏锐地察觉到，我的两个朋友很快便会与我划清界限。

最终，在这种紧张之下，我编了一个故事。我告诉他们，有一天晚上，我有和一个小伙伴悄悄钻进磨坊旁边的果园中，偷了满满一袋子苹果，都是上好的苹果。我尽量自然地讲这个故事，以期让他们接受我。为了避免冷场，同时避免情况恶化，我又详细描述了一些细节。我告诉他们，当时我们一个放哨，另一个爬上树使劲摇晃树枝。最后，袋子装得太满，我们不得不扔下一半，而半个小时后又返回将剩下的一半带走。

讲完这个故事后，我停了一会，期待着他们的回应。

我希望他们相信我讲的故事。那两个男孩默不作声，等着弗朗兹·克罗默发表意见，他眯着眼看着我，以一种威胁的口吻问道：

"是真的吗"

"是。"我回答。

"你确定？"

"是，我确定。"

我咬死这一点。

"你能发誓吗？"

我开始有些担心，但立即表示可以。

那你照着念："我以上帝和灵魂的名义发誓。"

"我以上帝和灵魂的名义发誓。"于是我说。

"嗯，相信你了。"他说完便转过头去。

我成功瞒了过去，并很庆幸他很快站起来，打算回家。爬上桥之后，我迟疑地表示想要回家。

"那么着急干什么。"弗朗兹笑着说，"我们顺路，对不对?"

然后,他慢悠悠地走在前面,我却不敢跑开;他确实朝着我家的方向走去。逐渐走近,当我看到门上的大黄铜门环、窗户里透出的光芒以及母亲房间那熟悉的窗帘,我长长舒了一口气。

当我刚迈进门口打算关上门时,弗朗兹·克罗默紧跟着挤了进来。走廊里十分阴冷,只有面向院子的一扇窗户透入一丝阳光。他挨着我,抓着我的胳膊压低声音说道:"别着急走。"

我看着他,有些害怕。他的手像钳子一样夹着我的胳膊。我猜测着他想要说什么,是不是想要伤害我。我纠结是否要大声呼救,应该有人能够及时跑来救我。但最终我决定听听他要说些什么。

"有事吗?"我问道,"你想干什么?"

"没什么,只是想问你一点事。但不能让其他人知道。"

"哦,是吗?我没什么能告诉你的。我得上楼了。"

弗朗兹·克罗默轻声问道:"你知道磨坊旁的果园是谁家的吗?"

"磨坊主的吧,或许"。

弗朗兹攀着我的脖子,用恶狠狠的眼神盯着我,笑得不怀好意,表情也十分残酷。

"那么,让我来告诉你那是谁家的。我早知道有人偷了苹果,同时我还知道果园主愿意出两马克①悬赏强盗。"

"哎呀,天哪!"我喊道,"你不会告发我吧?"

我觉得他没有那么好心。

他生活在另一个世界,背叛对他来说并不是什么大事。我的这一感觉十分强烈,他与我们不是一路人。

"不告发你?"他笑了,"小孩,你开玩笑呢?我会造钱吗?我是一个穷鬼,不像你有一个富爸爸。既然有机会赚两马克,那我绝不会放过。或许他还会多给我点。"

突然,他松开了我。那条长长的走廊现在让我感到不安,世界②似乎就要崩坏。他会报警!我犯错了。他会告诉我的父亲,警察会来抓我。他在威胁我,我脑子里一团乱麻。我到底偷没偷已经不那么重要了,况且我已经发过誓。

---

①德国货币单位。
②即静谧、安全的第一世界。

我一下子委屈地想哭。我突然意识到我可以买通他，于是拼命地从口袋里翻找些什么。

没有苹果，没有小刀，什么都没有。忽然，我想起我有一块表，那是祖母给我的一块比较旧的银表，已经不走了，我平时带着它只是装装样子。于是我迅速把它摘了下来。

我嘱咐道："克罗默，只要你不告发我，我就把这块表给你。我也没有其他东西，只有这个。这是银子的，但有点小毛病，需要修一修。"

他咧嘴一笑，抓过了手表。我盯着他的手，正是那只野蛮而怀有敌意的手，打破了我平静的生活。

我迟疑道："它是银子的。"

"不管是什么的，它就是块破表。"他轻蔑地说，"你还是自己修吧。"

因为担心他扭头就走，我哆嗦着大喊："弗朗兹！等一下，等一小下。为什么不拿着？这真是银子的，我没有别的东西了。"

他冷漠地看着我，带着一丝轻蔑。

"嗯？你知道我现在要上哪吗？或许我应该去警察局，我跟警察很熟的。"

他转过头作势欲走。我一下抓住他的袖子，我不能让他走。我宁愿死也不能让他就这么走了。

我恳求道，声音变得有些嘶哑："弗朗兹，别去。你是开玩笑的，对不对？"

"对，我是在开玩笑。但你要多付点代价。"

"那你告诉我，我该怎么做，你说什么我就做什么。"

他眯着眼上下打量了我一番。

虚伪地说："别犯傻，你知道我这就可以去赚两马克。我很穷，对我来说那可是一大笔钱。但你家很富呀，你看，你都有一块表。你只要给我两马克，那这事就算过去了。"

我明白他想要什么。但那两马克对我来说与十马克、一百马克、一千马克一样，都是一个天文数字。我甚至连一芬尼①都没有。我只有一个存钱罐。每当来亲戚的时候，他们会往里投上五芬尼或十芬尼。除那之外，我没有任何零花钱。

"可我没有钱。"我沮丧道，"一分都没有。但我可以把

---

①德国辅币单位，一马克的百分之一。

所有东西都给你。我有一个锡质的士兵玩偶,还有一个罗盘。你等一下,我这就拿给你。"

克罗默撇撇嘴,露出一抹冷笑,然后朝地上吐了一口唾沫。

他粗暴地道:"留着你那些破烂吧,还罗盘!别让我发火!听着,我只要钱!"

"但我真的没有呀,我没有办法呀。"

"不管怎样,明天你必须给我两马克。放学后我会在市集附近等着。就这么着吧,要是拿不来,你等着!"

"但我上哪去给你弄两马克呀?"

"你家里多的是呀。至于怎么弄,那是你的事。记得明天放学。别说我没警告你,要是弄不来的话……"他瞪了我一眼,吐了口唾沫,然后悄无声息地离开了,像个幽灵。

一时间,我连楼梯都爬不上去了。我的生活全毁了。我甚至想要逃离,再也不回来了,或跑到河边跳进去算了,但最后也没能下了决心。夜黑了,我无助地坐在台阶上,抱成一团,不禁悲从中来。最终还是乌娜下楼取木柴时,发现我坐在那抹眼泪。

我求她别告诉父母,随后我跟着她上了楼。看着玻璃门后挂着的礼帽和遮阳伞,我又感觉到了家的舒心与温暖;就像一位浪子回到了熟悉的房间。但现在我却有些迷失,所有这些都属于父母的光明世界。而我已深陷于另一个陌生的世界,不得不面对外来的威胁并承受随之带来的危险、恐慌和耻辱。礼帽、遮阳伞、砂岩地面、橱柜上方的大幅油画,以及客厅传来的姐姐的笑声比以往任何时候都更令我珍惜,但从今天开始,我却无法再从中寻求抚慰。父母和姐姐会严厉指责我。这些温馨将不再属于我,我的心已不再平静,不再轻快。我的脚上沾上了泥巴,无法在地垫上擦干净。我给这个家带来了一些阴影,而他们却一无所知。我之前也有不少秘密,也曾有过不少担忧,但相比今天这件事情,所有那些都无足轻重。我变得心神不宁,不幸就在前方,即使母亲也无法保护我,而我绝对不能让她知道。是偷窃还是撒谎(我以上帝的名义发了伪誓,应该也算神圣吧)已经不那么重要,重要的是我与魔鬼做了交易。我为什么要跟他们一块玩?为什么听克罗默的更甚于父亲?为什么要编故事来炫耀?这下好了,让那个浑蛋抓住了把柄。

眼下,我没时间考虑明天会发生什么。我所担忧的是,从今天开始,我将一步步坠入黑暗。我可以预料麻烦将会接踵而至，我需要编织一个个谎言，将实情隐藏在内心深处。

在看到父亲的礼帽时，我心里忽然产生了一丝希望。我可以向父亲坦白、向他忏悔来寻求救赎，他怎么惩罚我都行。类似的忏悔我早已熟门熟路，只要下决心低下头，便可获得宽恕。

一想到这，我便蠢蠢欲动！但这次我估计忏悔起不了作用。我必须保守秘密，独自承担一切后果。我似乎站在了一个岔路口上，迈出这一步便意味着我将转入邪恶阵营，依赖他们、遵从他们并最终变成他们的一员。谁让我瞎吹嘘呢，现在必须承担后果了。

一见到我，父亲最先问的是我怎么把鞋弄脏了。鞋子成功转移了他的注意力，这让我舒了一口气。我甘心接受责备，以免暴露了什么，而使情况变得更糟糕。此时，我心里竟然产生了一种奇妙又新鲜的感觉，令我变得无比兴奋：我面对父亲居然产生了一种优越感！他的无知让我心生鄙视，居然只是责备我弄脏了鞋子。

我站在那，心想："你知道什么！"就像一个杀人犯仅被指控偷了一片面包。虽然这个念头十分无理，但如此强烈，怎么也挥之不去。我决定隐藏这个秘密。克罗默或许已经去警局揭发我了，暴风雨正压顶而来，而他还是将我当个小孩子。

在我的经历中，这个时刻尤为重要。父亲的光辉形象首次出现了瑕疵，我们之间也首次出现了裂痕。个体要实现自我成长，必须打破父亲的笼罩。我们的命运深处交织着一系列这种无形的经历。这些裂痕会重新得到弥补，通常会被人遗忘，但仍存在于内心最隐秘的角落。

这一想法让我感到十分恐慌，我几乎要跪下寻求宽恕。但即使我这样的小孩子也知道，有些原则性问题难以获得谅解。

我觉得我应该先想想明天该怎么办，却始终没抽出时间。整个晚上，我脑袋里一片混乱。自由的生活正在渐行渐远，我正被拖入另一个阴暗而又陌生的世界。那天晚上，我第一次感受到了死亡的味道，有些苦，或许是因为死亡意味着新生以及对重新开始的恐惧。

之前，我最喜欢的事情之一就是晚祷，但那天晚上，晚祷对我来说却成了一种折磨。直到躺在床上，我才放松了下来。我无法加入其中，每个音符都在折磨着我。当听到父亲说"上帝与我们同在"，我感觉有某种力量将我与他们隔了开来。上帝将继续施与他们恩宠，而我却再也享受不到。我浑身发冷,耗尽力气逃离了他们。

在床上躺了一会,我才重又感觉到了温暖与安全,但担惊受怕又变成了迷茫,令我十分不安。

母亲像往常一样,过来跟我说了声晚安。我听着她的脚步声在隔壁的房间中响起,门缝中还透着烛光。我想,她肯定察觉到了什么,她肯定会再过来亲亲我问我发生了什么,那么我想我会哭出来,抱住她,这样一切都会解决,我也会得到救赎!直到门缝中的烛光暗了下去,我仍竖起耳朵听着,并坚信她会过来。

不一会,我又想起来即将面临的困境。我能清晰地记得克罗默的面目,一只眼睛眯着,嘴角露出残酷的微笑。盯着盯着,他变得越来越大,面目也越来越丑恶,那只眼睛中透着残忍的目光。直到睡着,我也未能将他的形象从脑海中剔除。但我没有梦到他,也没有梦到白天发生的事。相反,我梦到了父母还有姐姐,我们一家人在船上享受假日的安宁。深夜,我醒了一次,尤能回味梦中的幸福,甚至能看到姐姐的裙子在阳光下闪着光芒。当我意识到那只是个梦时,我又想起了克罗默那凶恶的眼神。

次日清晨,母亲急匆匆打开门,埋怨我这么晚了怎么还不起床。我脸色很差,她问我哪里不舒服时,我一下子吐了出来。

这让我有一丝庆幸，庆幸生病了。这样我就可以继续躺在床上，边喝着菊花茶，边听着母亲在另一个房间中忙碌，同时还可以听到女仆在门廊处讨价还价地买肉。不用去学校的清晨仿若童话般美妙，我可以享受着难得的阳光，因为在学校中，我们通常会拉着窗帘。但这仍让我高兴不起来，因为接下来会有不妙的事情发生。

还不如死了算了！但这次和往常一样，只是稍微有些不舒服，死是死不了的。这让我能逃过上学，但逃不过弗朗兹·克罗默，十一点左右，他会在市集处等我。母亲的关心不仅无法让我感到安慰，反而令我不耐烦。我假装又睡着了，好专心思考下该怎么做，但什么办法都没想到，我必须按时出现在市集。十点到了，我悄悄穿上衣服，告诉母亲我好多了。她的回应像往常一样，要么再休息会，要么下午去上学。我说我打算去上学。我得有个计划。

一分钱没弄到就去见克罗默，这肯定不行。我得把存钱罐弄出来。虽然我知道里面的钱肯定不够，但有总比没有好，起码能暂时让克罗默满意。

我仅穿着长筒袜，偷偷钻进母亲的房间，将存钱罐从梳妆台上拿了下来。我很纠结，但相比昨天却轻得多。我心跳加速，几乎让我窒息。下楼后，我发现情况不妙，存钱罐被锁住了。打开它其实很简单，只需要用力扯断那片薄薄的锡网。但那断口却刺痛着我的心，我这次真的偷东西了。在那之前，我至多偷吃点糖和水果。这一次，性质就严重多了，尽管拿的是我自己的钱。我觉得自己又朝克罗默的世界迈了一步，一点一点走向堕落。事已至此，我已经没有回头路了。我提心吊胆地数了数，虽然晃一晃听起来很多，但实际上却寥寥无几，只有六十五芬尼。我藏好存钱罐后，攥着这些钱出了门。走出大门的那一刻，我有一种截然不同的感觉。我似乎听到楼上有人喊我，但我装作没听到，迅速跑开了。

到十一点还早，我特意绕了路，钻进一条条小巷，连同头顶上的积云，都是我前所未见的。我走过一栋栋房屋，甚至觉得里面的主人投来怀疑的目光。我忽然想到，有一位同学曾在牲畜市场捡到一枚泰勒①。于是，我祈求上帝给予我奇迹，让我也捡到一枚。但我已经丧失了祈求的资格，况且存钱罐也修不好了。

---

①德国的旧银币名。

弗朗兹·克罗默打老远就发现了我,不慌不忙地走来,装作不认识我。走近了后,他示意我跟上,然后径直朝前走,穿过巷子和小桥,最后在郊外的一栋新盖的房屋前停下了脚步。没有人在施工,围墙尚未粉刷,门窗也还没有安上。克罗默打量了一下四周,然后走了进去,而我默默地跟上他。他站在一堵墙后,朝我伸出了一只手。

"钱带了吗?"他冷冷地道。

我从口袋中掏出那只手,将攥着的钱放入他的手心。还没等到最后一芬尼落下,他已经数完了。

"只有六十五芬尼。"他盯着我。

"嗯,"我紧张地说,"我只有这么多。我知道不够,但再多我没有了。"

"我还以为你比他们聪明一些,"他不紧不慢地说,"你们那类人不都按规矩办事吗。我只要两马克,这点钱你还是拿回去吧。听明白了吗,拿着滚蛋。我去找另一个人,哦,你知道是谁,我想我可以从他那里拿到两马克。"

"但我真的没有那么多。我的存钱罐里就这些。"

"那是你的事。我也不想过于逼迫你。你现在欠我一马克三十五芬尼,什么时候能给我?"

"我一定会补上的,克罗默。虽然不确定什么时候,但明天或后天，我应该能凑出来。你知道，我绝对不能让我爸爸知道。"

"这我就不管了。我并不想逼迫你。你明白，我很穷，而只要我想，我可以在午饭前拿到那两马克。你的衣服这么贵，食物也丰盛得多。但我不会去告发你，我可以再等一等。后天我会吹口哨提示你，你听过我吹口哨吧？"

他吹了一下，我之前听到过。

"嗯，"我说，"我能听出来。"

他走了，就像没见到过我。这是我们两个人之间的交易。

我十分清楚，今天过后，如果突然听到他的口哨声，我一定会吓一大跳。现在，我的耳边一直回响着他的口哨声。那声音简直无孔不入，不论我在什么地方、在做什么，都挥之不去。口哨让我成了他的奴隶，这已经注定。我这几天有时会钻进小花园里，享受绚烂的秋日午后时光。我会假装仍然是那个善良、自由、天真的男孩。而每当克罗默的口哨声响起，都会让我心惊，打破我的幻想。我便不得不走出花园，跟着他，告诉他我又得到了多少钱，然后悉数交给他。这种情况持续了数周，但对我来说却像是好几年，没完没了。我几乎没有机会弄到钱，最多也就是在莉娜买菜回来后,从厨房里偷拿五芬尼或十芬尼。克罗默每次都责骂我,且越来越难听。比如,他说我一直在骗他,侵犯了他的利益,欠他的钱,让他苦不堪言!我长这么大也没受过这种委屈,从来没像这样感到无助。

我在存钱罐里装上玩具钱币,并将它放回了原处。没有人发现不妥,但我却日夜担心不已。每当母亲朝我走来,我都会想她是不是来问存钱罐的事,这甚至比克罗默的口哨声更令我恐惧。

有几次我两手空空地去见克罗默,他便换着法子折磨我、利用我,而我不得不按他说的办。他父亲会给他安排各种各样的差事,而他又会安排我去做。有时他会命令我单腿跳十分钟,或者向路人身上贴纸屑。在许多个夜晚,我都会梦到这些折磨,并会出一身汗然后惊醒。

有几天我确实病了,呕吐不止且全身打寒战,晚上又会发烧出汗。母亲十分细心地照顾我,但这更让我良心不安,因为我欺骗了她。

有一天晚上,我躺下后,她拿着一块巧克力给我吃。这让我想起了之前的时光,那时我还很乖巧,每天临睡前我都能够吃到一块巧克力。而这次,我心痛到直摇头。

她边问我怎么了，边捋了捋我的头发。我只是不断地说："不！不要！我不吃！"于是她放下巧克力便离开了。次日清晨，她问我昨天那是怎么了，我假装什么都想不起来了。她请过一位医生来给我诊治，建议我每天早上洗冷水澡。

那些日子几乎让我抓狂。在有序、祥和的家中，我却痛苦挣扎着，仿若一个幽灵。我表现得与其他人格格不入，时不时会发呆。父亲经常埋怨我，问我到底怎么了，而我却只是沉默不语。

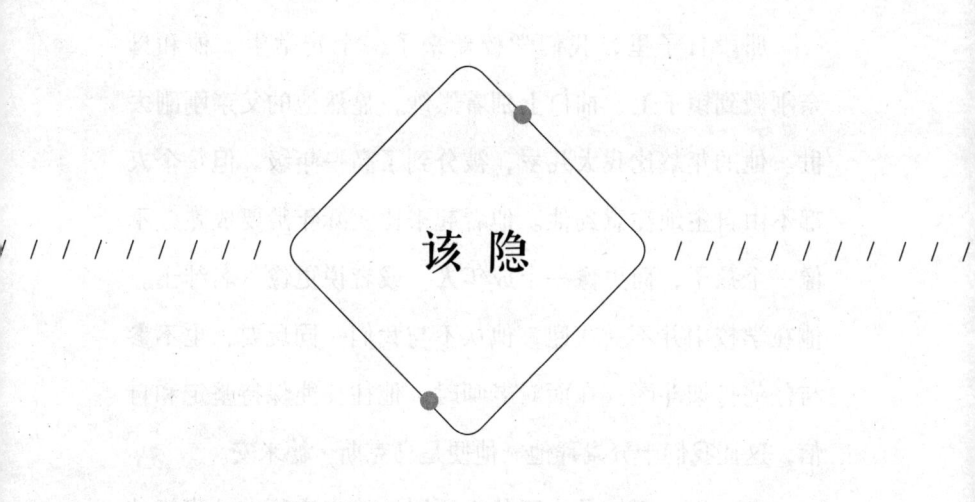

该隐

我从未想到我会以什么样的方式获得拯救。我的救星给我的生活带来了光明,其影响一直持续至今日。

那段日子里,我们学校新来了一个转学生。他和母亲刚搬到镇子上,袖口上别着黑纱,显然他的父亲刚刚去世。他的年龄比我大几岁,被分到了高一年级。但每个人都不由自主地注意到他。他看起来比实际年龄要成熟,不像一个孩子,而更像一个成年人,或者说更像一名绅士。他在学校中并不受欢迎,他从不与我们一同玩耍,也不参与任何打架斗殴。在面对老师时,他往往能保持坚定和自信,这让我们十分崇拜他。他便是马克斯·德米安。

有一天,不知是出于什么原因,德米安所在的班级被安排到我们的教室上课。就这样,我们在学习《圣经》,而他们班在写作文。那天,我们学的是该隐和亚伯的故事①。我时不时瞥一眼德米安,他正在专心致志地写作,面

---

① 圣经故事。该隐拿地里的出产献给耶和华,亚伯将羊群中的羊和羊脂献上,耶和华看中了亚伯的供品,该隐由此产生嫉恨,而把亚伯杀了。

庞显得睿智且果敢，似乎有一种独特的魅力。他一点都不像学生在写作业，反而像一名科学家在攻克难题。我对他的印象说不上好，反而有些抗拒，因为他太高冷且过于自信，眼神也比较复杂，透着一股忧伤以及丝丝嘲讽。我却情不自禁地注意他，与喜欢或讨厌无关。但每当他转头看向我，我都会慌忙移开目光。仔细想想他今天的做派，他确实与其他学生不一样，有着自己的特质，即使尽量保持低调，也还那么引人注意。就像一位王子乔装成乡巴佬并努力与他们打成一片，但王子始终是王子。

那天放学后，他跟在我身后，并在其他学生散开后，紧走两步上前，跟我打了声招呼。尽管他尽量模仿我们的语气，但仍太过于彬彬有礼。

"一起走一会怎么样？"他问道。我点点头，感到有些荣幸。然后我告诉他我家在哪。

"哦，那里呀。"他微微一笑，"我知道那。你家大门上有东西很特别，我一来就注意到了。"

我一时间不明白他说的是什么，很惊讶他居然比我还了解我家。原来是大门拱顶石上有一枚徽章，但这么多年已经磨平，且每次粉刷都会盖住一些。就我所知，那枚徽章与我家并没有什么渊源。

"我一点都不了解,"我羞怯地道,"有点像鸟或其他什么东西,应该很古老。这栋房子之前很可能是一家修道院。"

"很有可能,"他点头道,"有时间该仔细观察一下!很有趣的,我猜那是一只鹞。"

继续朝前走,我感觉有些拘束。德米安突然笑出声来,似乎想起了什么有趣的事。

"对了,我也偷听了一下你们的课,"他突然说道,"该隐的故事,他的额头上有个印记。你喜欢听吗"

不喜欢,实际上课上讲的东西我都不喜欢。但我不敢承认,因为我觉得就像是父亲在问我话。因此,我告诉他基本还算喜欢。

德米安伸手拍了下我的肩膀。

"在我面前,你不用装着喜欢。事实上,这个故事很奇怪,比我们以往所听到的故事都奇怪得多。你们的老师并没有深入地讲,他只是提了下上帝、原罪等。但我认为……"他突然停住了,笑着问我:

"你想继续听吗?"

"嗯,我认为,"他继续说道,"可以从另一个角度解读该隐。老师讲的东西大部分都正确,但我们可以换个角度来考虑，这样我们可以更好地理解这个故事。就拿该隐和他额头上的印记来说，老师的解释就不甚令人满意。你认为呢？该隐杀了他的弟弟亚伯后，最有可能是变得恐慌并忏悔。但是上帝却给他打上了一个印记，以保护他不被他人杀死，他反而到处传播上帝的恐怖，这就太古怪了，对不对？"

"当然，"他的想法还真有趣，"还有其他解读吗？"

他又拍了下我的肩膀。

"很简单！就拿故事的开端来说，就是那个印记。因为脸上有印记，别人就都害怕他，不敢与他接触，进而也害怕他的孩子。那么我们可以猜测，不，甚至可以确定，并不存在什么印记，这样的话，故事就太拙劣了。事实很可能是他比较难以捉摸，同时又比他人有胆量和魄力。他可能比较有权势，让人敬畏。这可能是他的'印记'，可以这样解释。人们通常只接受他们乐于接受的事物，并将之归为正确的一面。人们害怕该隐的孩子，说他们也有某种'印记'。因此人们没有如实对待这一'印记'，而是诋毁他们。人们会说'他们一家带有上帝的印记，他们很古怪'。事实上，他们确实与众不同，对于普通人来说，有勇气、有个性的人确实令人敬畏。身边存在一个无畏的人会让人不舒服，因此人们便给这样一个人安一个绰号，并虚构他的行为，很多时候是为了掩盖自己的畏惧。这样说你明白吗？"

"嗯，你是说，或许该隐根本一点都不坏？整个故事都是假的？"

"可以这样说，但又不准确。这些古老的故事一般都是真的，但后人的记录或解读可能会有所偏差。总之，我认为该隐是个好人，而人们因为害怕而将他丑化了。这个故事就是以讹传讹，只是人们的谈资。可能事实只是该隐和他的孩子有着某种'印记'而使他们与众不同。"

这让我十分错愕。

"是不是，他杀了他弟弟这件事也是假的？"我想要听他怎么说。

"哦，那必定是真的。强者杀死了弱者，唯一值得怀疑的是那到底是不是他的弟弟。但这不重要，因为从根本上来说，人皆兄弟。杀人这件事可能是英勇行为，也可能不是。不管怎样，其他弱者在之后都会怕他，他们只会在背后抱怨。如果你问他们为什么不把他杀死，他们不会说'我们是懦夫'，而是会说：'我们不能，他有上帝的印记。'谎言可能就是这样产生的。哦，时间不早了，你该回

该 隐

家了。"

他转身走入一个小巷子,留下我独自站在那儿,比以往任何时候都迷茫。看着他的背影,我觉得一切都那么荒诞不经。在他口中,该隐是个绅士,而亚伯反而是个懦夫!该隐的印记只是将他与普通人区分开来的特质!这太荒诞了,这是对上帝的亵渎!这样的话,上帝是什么角色?难道他没有接受亚伯的供品,难道并不青睐亚伯?不是的,德米安说的一定都是疯话。他一定是想要捉弄我,想让我放弃信仰。他确实很聪明,也能说会道,但不管用,我不信他说的!

之前我从未深入思考圣经故事。很长一段时间,有时候数小时,有时候整个晚上,我还是会想起弗朗兹·克罗默。回到家,我又读了一遍该隐的故事。故事简洁明了,不正常的人才会去挖掘什么深层的含义。那样的话,每个杀人犯都可以宣称自己是上帝的宠儿!大错特错,德米安简直是在胡说八道!我只欣赏他说这些时的语气,仿佛这就是事实。当然,他的眼睛也很吸引人。

我的情况并不太妙,我的生活变得非常混乱。我曾生活在整洁而光明的世界,就像亚伯那样。但现在,我深陷于"另一个世界",已经堕落了,但一切都不是我的错!我该怎么办？我突然想起了一件事，让我几乎无法呼吸。我所有的不幸都开始于那天傍晚，面对父亲，我居然看穿了他的想法和他的睿智，而一时产生了一丝鄙夷。是的，在那一刻，我变成了该隐，额头上也打上了印记。我甚至并不以为耻，反而沾沾自喜自己比父亲看得透彻。

我之前并没有清晰地意识到那一刻代表了什么，但内心深处其实早已有了这种念头。那是情绪和奇特想法的爆发，在伤害我的同时，也让我感到丝丝骄傲。

我常想起德米安关于勇敢和懦弱的那番奇特言论，他对该隐印记的解释太过匪夷所思。他的眼睛散发着成熟、智慧的光芒。我想知道德米安是不是该隐一类的人。一定就是这样，不然他不会那么为该隐辩护。为什么他的眼神能那么有说服力？为什么他对"其他人"表现得如此轻蔑？在我看来，这些人才是上帝的选择。

真令我百思不得其解。他的话就像一块石头砸进了我的心灵之井。在之后的很长一段时间内，弑兄者该隐及其"印记"让我疑惑不解，并促使我不断探寻答案。

我注意到其他学生也都对德米安十分好奇。我没有将他眼中那个该隐告诉任何人，但其他人仍然对他颇有兴趣。对于他这名"转校生"，有流言开始在学生中间流传。

我希望能够记住所有这些流言，因为每个流言都让他显得更神秘。其中最早的流言说，他的母亲非常富有，而他们母子俩可能从未去过教堂。还有流言说他们是犹太人，也可能是穆斯林。还有就是，德米安打架很厉害，这一点可以得到证实。听说他们班最壮的学生约他打架，而在被拒绝后，骂他是懦夫。最后，德米安狠狠教训了他一顿。旁观的学生说，德米安当时一只手便掐住了那个男孩的脖子，很快男孩就憋得脸色发白；再后来，那个男孩灰溜溜地逃走了，之后也没再到处惹事。有一天下午，甚至有人谣传他已经死了。而当时，即使最不可思议的谣言也有人相信。接下来，人人都对德米安津津乐道。时间不长，学生之间又传开了新的流言：德米安与女孩关系亲密，他"什么都知道"。

那段日子里，我仍受克罗默的胁迫。我无法摆脱他的掌控，即使在他不找我麻烦的日子里，我也仍然生活在他的阴影下。他会闯入我的梦境，做一些比现实中更恶劣的事情，我完全沦为了他的奴隶。我经常做梦，在之前的梦境中，我往往比在现实中更活泼，但由于他的闯入，我的梦已不再那么灿烂。我几乎每天都会做噩梦，梦见克罗默虐待我、朝我吐口水、把我摁在地上；更糟糕的是，他还唆使我，更准确地说是强迫我做坏事。其中最令我发疯的是，我居然梦见我被迫去谋杀我的父亲。克罗默磨好刀，放到我手里。然后，我们隐藏在道旁的树林中，等待有人经过，我事先并不知道要刺杀谁。当这个人接近时，我才发现居然是我的父亲。然后我就醒了。

梦醒之后，我偶尔会想起该隐和亚伯的故事，但几乎没再关注马克斯·德米安。说来也怪，我们再次接触也是在梦中：克罗默一如既往地虐待我，但这次把我摁在地上的人变成了德米安。说也奇怪，克罗默的虐待令我崩溃，但换成德米安后，我居然很乐于接受，恐惧之余竟然产生了一丝狂喜。这样的梦我做了两次，再然后，折磨我的人又换回了克罗默。

多年过去了，我甚至仍然无法区分现实与梦境。克罗默始终折磨着我，似乎永远没有尽头，即使我偷了几次钱，还清了那两马克后，他也还不放过我。这是一个死循环，他知道我还他的钱是偷的，因为每次他都会问钱哪来的，这样他就抓住了新的把柄。他每次都威胁说会将一切告诉我父亲，而我便极度后悔没在一开始就坦白。即使这让我一直活在痛苦中，但我却并不每件事都后悔，至少并不时刻在后悔。偶尔，我甚至会觉得事情注定会那样。这就是命运，而任何逃脱的行为都是徒劳。

想必父母对我的状态也十分苦恼。我忽然间仿佛变了一个人，变得与他们格格不入。我渴望能够重新回到他们的怀抱。母亲更愿意认为我病了，而不愿承认我变了。但我却能够从姐姐的态度推断出她们的真实看法。她们什么都顺着我，很显然将我当成了疯子，相比苛责来说，她们更倾向于怜悯。她们更真诚地为我祈祷，但我知道那徒劳无功，这让我更加痛苦。有时，我迫切想要解脱，想去真心忏悔，但我知道我无法向父母坦白一切，有些事也解释不清。我知道他们会怜悯我，会觉得抱歉，但不会真正理解我。他们会认为我一时失足，但实际上，那确是摆脱不掉的宿命。

有些人可能不相信，一个十岁的小孩子怎么会有这么复杂的想法。因此，我的故事只讲给那些懂我的人。那些直到成年才学会将感情转化成思想的人，认为孩子不会想这么多，因此也就认为孩子缺少这些经历。在我的一生中，这段时日最令我痛苦不堪。

有一天下着雨，克罗默要我到布尔格广场见他。我提前到了，在潮湿的栗子树叶上来回踱步，不时有新的树叶从树上落下。那天我没弄到钱，但我尽量省出了两块蛋糕，至少能有点什么给克罗默。我早已习惯站在某个角落等他到来，很多时候都会等很久，而我却不得不忍受。

终于，克罗默来了。这次，他只待了一小会。先戳了几下我的前胸，然后笑着拿走了蛋糕。他的态度友好了许多，甚至递给了我一根返潮的香烟（但我没要）。

"对了，"转身离开前，他冷漠地说，"记得下次将你的姐姐带来，你的大姐姐，她叫什么来着？"

我没听明白，愣在那没说话，只是看着他，感觉有些意外。

"听明白了吗？下次将你姐姐带来。"

"不行，克罗默，绝对不可能。我不能这样做，而她也绝对不会来。"

他又故伎重演，以前便经常这样。先提出一个不可能的要求，恐吓我、羞辱我，然后再讨价还价，最终他想要的一般是钱或礼物。

然而，这次却完全不一样。听到我拒绝，他一点都没生气。

"哦？"他平静地说，"好好想一下再说。我是真心想认识下你的姐姐。这两天想办法把她约出来。你可以简单邀请她出来散个步，然后我们可以来个偶遇。明天听着我的口哨声你再出来,我们再详谈。"

直到他离开,我才突然想通他到底想要干什么。我虽然不懂,却听大孩子谈论过,男孩和女孩会偷偷摸摸地尝试出格的事。我一下明白了,他动机不纯!我绝对不能听他的。但不听的话后果会怎么样?克罗默会怎样报复我?我连想都不敢想,一定又是新的折磨。

我穿过荒凉的广场,两手插在兜里,内心无助又伤心。更大的悲惨在等着我!

突然,我听到一个洪亮的声音喊我,吓了我一跳,下意识地扭头就跑。那个人跟上来,一只手轻轻地抓住了我。是马克斯·德米安。

"哦,是你呀,"我疑惑他喊我做什么,"吓我一跳。"

他盯着我,目光比以往更加成熟、睿智,似乎能够看穿我。我们很长时间没说话了。

他礼貌地说:"抱歉,你怎么会吓成那样呢。"

"呃,下意识就这样了。"

"可能吧。但别人还没做什么呢,你就吓成这样了,他肯定会惊讶、好奇,然后想你也太过紧张了,人只有在极度恐慌的情况下才会做出类似的反应。懦夫才这样,但你不是懦夫呀,对不对?当然,你也不怎么勇敢。你一定在害怕什么事或什么人。有些人你不必害怕。你不会害怕我吧？"

"不，不是你。"

"这就对了，那你害怕的是谁？"

"没有谁……不关你的事。"

他继续跟在我身后，我加快步伐，想赶快逃离。我感觉他在旁边一直在看我。

"我们可以假设，"他继续说道，"我不会伤害你，因此你也无须害怕我。现在咱们来做个实验，很有趣，你甚至可以从中学到些东西。那么，注意听，我有时会玩一玩读心术。这绝不是黑巫术，但如果你不深入了解，你会觉得非常不可思议。有时确实很令人震惊。现在，让我来试一试。嗯，我喜欢你，也对你比较感兴趣，让我来看看你心里在想什么。我其实已经开始了，刚才吓到你了，那么现在你一定很紧张。你肯定在害怕什么事或什么人。如果你害怕某个人，那么最有可能是因为他对你做了什么。例如，你做了错事，而正好被他发现了，然后一直以此来要挟你。条理很清晰，是不是这样？"

我无助地看着他，他的面庞像往常一样认真、睿智而又比较友善，却不柔和。我可以看到公正的神情。我不明

白他如何做到的,简直太神奇了。

"听清楚了吗?"他再次问道。

我点点头,什么也没说。

"听着,读心术看起来似乎十分神秘,却完全以实际为依据。就比如,在我给你讲该隐和亚伯的故事时,我可以准确地知道你在想什么。咱们先不说那个。我想,你很可能梦到过我,这点也先放在一边。你很聪明,而其他人都很蠢。我喜欢跟聪明人讲话,前提是我可以信任他。这样说你不介意吧?"

"不介意,但我不明白……"

"咱们继续说实验的事。现在,我们已经发现当事男孩很容易受惊,他在害怕某个人,可能这个人知道什么秘密,令他极度不安的秘密。这是不是基本接近事实?"

这仿佛就是在做梦,他所说的令我惊讶,仿佛我自己在讲述这个事情。他什么都知道,甚至比我都了解事情的真相。

德米安坚定地拍了拍我的肩膀。

"事情我想就这样了,那么现在还有一个问题,你在广场见的那个男孩是谁?"

我的脸色一下变得惨白。他碰触到我的秘密了。

"什么男孩？没有的事，就我自己。"

"别瞒着了，"他笑道，"他叫什么名字？"

我低声说："你是指弗朗兹·克罗默？"

他点点头，对我的回答感到满意。

"嗯，很好，我觉得我们会成为很好的朋友。我首先要嘱咐你的是，这个克罗默，不管他叫什么，从面相看就是一个彻头彻尾的浑蛋。你认为呢？"

"是的，"我叹了口气，"他相当坏。我一定不能让他知道我说他坏话。天哪！千万不能让他知道。你认识他吗？他认识你吗？"

"放轻松。他早就走了，也不认识我，目前是这样。但我想会会他。他在公立学校上学，对不对？"

"是的。"

"上几年级？"

"五年级。但你保证不跟他说，求你了！"

"别担心，保证不牵连到你。那么看来你不会跟我讲讲克罗默的事了，对不对？"

"嗯，绝对不能说。"

他沉默了一会儿。

"那算了，"他说道，"我们本来可以继续这个实验的。

但我也不强迫你。不知你是否意识到,你对他的恐惧太过了,它可能会完全摧垮你。你必须想办法摆脱,如果你想获得安心,就必须摆脱他。你明白吗?"

"当然,我明白……但是,这很复杂……你不了解……"

"你知道,我的读心术比你想得更神奇。你是不是欠他钱?"

"嗯,但这不是重点,我不能告诉你,反正就是不能说!"

"我替你把钱还了,怎么样?"

"不是钱的问题。你保证这件事谁也不告诉,一个字也不说!"

"我保证,辛克莱。你可以改天告诉我你们的秘密。"

"想都别想!"我大喊道。

"随你。我是说,或许改天你会主动找我说。你该不会以为我会像克罗默那样要挟你吧?"

"哦,不。但你到底知道些什么?"

"我什么都不知道。我只是在思考这件事。放心,我才不会像克罗默那样,你要相信我。况且,你也不欠我什么。"

接下来谁也没说话，我渐渐冷静下来了。我觉得德米安越来越神秘了。

"我先回家了，"在雨中，他紧了紧外套，"哦，对了，我还得嘱咐你一下，你必须摆脱那个浑蛋。如果没啥其他好办法，那么就杀了他。这样我会对你刮目相看的！我甚至可以帮忙。"

我突然又想起了该隐的故事，再次心生恐惧。所有一切都预示着不幸，我不由得抽抽搭搭哭了起来。周围的世界太可怕了。

"别哭，"马克斯·德米安笑道，"该回家了。最简单的方法是杀了他，当然也还有其他方法。但最简单的方法往往是最好的。你该少跟克罗默打交道。"

我都不知怎么回到的家，仿佛已经离家超过一年。在我眼中，一切都变了。我似乎又有了未来和希望，同时也不再孤单。我至此才意识到，这几个星期，我守着这个秘密过得多么孤独无助。一瞬间，我又冒出了曾多次出现的念头，向父母坦白一切，虽然这会让我放松一些，但并不能完全解救我。而现在我几乎向一个陌生人坦白了一切，心中的那块石头放下了，就像清风抚慰，让我身心舒畅。

然而，我仍然担忧着，再次与克罗默见面会遭受什么样的折磨。奇怪的是,生活似乎平静了下来,他没再找我。

一天、两天、一整个星期过去了,克罗默再也没来我家附近吹口哨。这令我难以置信,我一直提心吊胆,担心他突然又再次出现。他似乎销声匿迹了,而我又重获自由,我简直不敢相信。直到有一天我又碰到了克罗默,他看到我后居然退缩了,表情变得十分不自然,然后扭头走开了。

这太出乎我的意料了!他居然逃了,他在害怕我!在那一瞬间,我惊喜得简直快疯了。

有一天,我又碰到了德米安。其实是他专门在学校门口等我。

"你好。"我跟他打招呼。

"早上好,辛克莱。我就想了解下,你的事情解决得怎么样了。克罗默不再纠缠你了吧?"

"是你做的?你如何做到的?我不明白。他没再来找我。"

"这就好,想必他不会了,但也说不定,毕竟他是个浑球。如果他再找你麻烦,你就问他还记得马克斯·德米安吗。"

"你做了什么？你揍了他一顿？"

"没有，我才没那么粗暴。我只是跟他谈了谈，劝他最好别再招惹你。"

"我希望你没给他钱。"

"没有，也就你才那样做。"

他回避我提出的问题，我心中又升起了说不清道不明的感觉，既感激又畏惧、既钦佩又害怕、既欣慰又抗拒。我决定找他问明白这一切，还有该隐的故事。

但我一直没找到机会。

感激并非我认为的美德，在我看来，从孩子身上获得感激太显矫情。因此，在我看来，不去专门感谢马克斯·德米安也没什么。然而，今天来看，如果他没有将我从克罗默的魔爪中解救出来，我后半生可能就毁了。即使在当时，重获自由也是最重要的经历。但我却再没感谢他，反而将他抛诸脑后。

就像上文提到的那样，我并不认为不知感恩有什么不对。回想起来，唯独令我惊讶的是，我居然没有好奇心。那天我怎么就没有尝试了解德米安的秘密呢？我居然没想弄明白该隐的故事、如何解决克罗默的问题以及他的读心术。

这的确难以置信，但我的确没去深究。当时，我突然发现摆脱了恶魔的纠缠，再也不用担惊受怕了，简直就是重见天日。诅咒已经解除了，我不用再受折磨。我又变回了那个自由的小男孩，急切地想要回归平静的生活，想尽力抹除那些丑恶的痕迹。那段惊恐的经历很快便从我的记忆中消失了，似乎并没有留下任何阴影或痕迹。

然而，现在我依然明白为什么会那么快忘记德米安。我迫切想摆脱那段悲伤的经历，忘却克罗默对我的奴役，并竭尽全力想要抚慰受伤的心灵，回到那个失乐园，回到父母和姐姐身边，拥抱整洁的世界，并重拾亚伯般的虔诚。

在见到德米安后的第二天，我终于确信我又重获自由，而不必再担惊受怕。我决定做一件之前无数次想做但没有做的事情——坦白一切。我走到母亲身前，给她看存钱罐上撬开的锁，给她看里面的玩具钞票，跟她说这么多天我一直遭受克罗默的折磨。她虽然不了解一切，但察觉到我的表现和语气都不像往常那样了，感觉我的状态变好了，又重新回到了她的怀抱。

浪子终于回头。我跟着母亲到父亲面前，重新又说了一遍。他们问了我一些问题。最后，他们摸着我的头，如释重负地松了口气。这一切都那么不可思议，像是小说一般，但最后所有问题都得到了圆满解决。

我十分庆幸又重归平静，重新获得了父母的信任。我在家中又变回了那个最乖的孩子，又开始喜欢与姐姐玩耍。祈祷时，作为回归的孩子，我满怀热情地唱那熟悉的赞美诗，极致真诚，不掺杂一丝虚假。

然而，并不是所有事情都完美。我唯独忽略了德米安。其实，我应该向他坦白的，不必掺杂多少情绪，便可让事情完美解决。我又回到了那个伊甸园般的世界。这里没有德米安，而他也从未踏足这里。尽管与克罗默不同，但他也在诱惑我，诱惑我步入第二个世界。我下定决心与那个世界划清界限。我再次成了亚伯一样的人，因此我不愿赞美该隐而贬低亚伯。

这些都是表面的原因，而内在的原因是，我并不是通过自己的努力才摆脱克罗默的掌控。我尝试自己解决问题，但事实证明那行不通。在他的帮助下，我得到了解脱，但我不是偏向他那边，而是径直投向母亲的怀抱，寻求庇护。我变得更幼稚、更依赖、更孩子气。我必须重新找到一个依靠，因为我不敢独行。因此，迷茫中我选择依赖父母，回归"光明的世界"，但现在我才明白，其实还有其他的路。若非如此，我将会靠向德米安，并依赖他。我并没有那样做的原因是，我觉得他的想法十分奇特，其实那只是因为畏惧。德米安比我的父母更严厉，他可能会通过劝导、训诫、挖苦或讽刺来让我独立起来。

时至今日，我才明白认识自我的道路绝非坦途。

半年后，在与父亲散步时，我再也忍不住问他，有人认为该隐比亚伯更高尚，到底对不对。

他非常诧异，但仍然解释说，那种说法早就存在，在《旧约》时代[①]就已形成，并为一些教派所奉行，其中一个教派甚至直接命名为"该隐派"[②]。当然，这一教义只是异端想要破坏我们的信仰。如果有人认为该隐是正义的一方，那么即可推导出上帝犯错了。换句话说，《圣经》中的上帝并非全知全能，而是会犯错。确实，该隐派曾宣扬过这一教义。但是，这一异端邪说早已销声匿迹。父亲只是惊讶我的同学怎么会知道这些。他严厉警告我抛弃这个想法。

---

①基督未降生以前的时代。
②诺斯替主义的一个分支，也是基督教异端中颇为极端的教派，它崇拜《旧约》中所有反派人物。

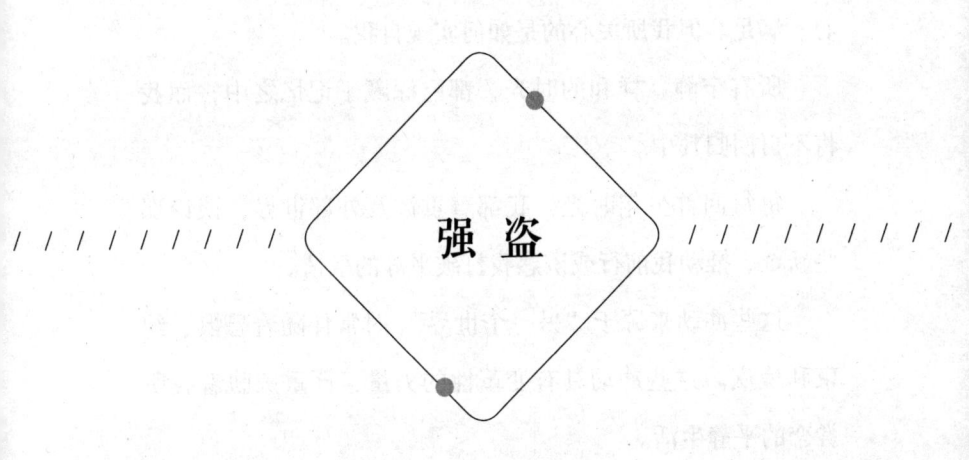

强 盗

我至今仍能够轻易回想起童年时期的种种温馨。在父母的保护下,我可以保持对生活的热爱,并每日过得开心、满足。但我所关心的是如何实现自我。

所有宁静、祥和的时光,都已深藏于记忆之中,而我将不再回归其中。

每每回首少年时光,我都着重涉及外部世界,谈论那些新奇、推动我前行或诱惑我打破平静的事情。

这些冲动来源于"另一个世界",时常伴随着恐惧、约束和愧疚。这些冲动具有变革性的力量,严重威胁着我所眷恋的平静生活。

接下来的几年间,我意识到自己内心深处存在某种冲动,只是在光明的世界中隐藏了身形。渐渐地,性冲动开始觉醒,但一开始,我和其他人一样,将之视为洪水猛兽,视为一种禁忌、魔鬼的诱惑和罪孽。我认为在温馨、祥和的童年,我不该产生这样的好奇心,不该产生任何幻想或恐慌,即不该拥有青春期的秘密。我和其他人一样,过起了双重生活。意识层面的自我生活在那个熟悉而规规矩矩的世界,它拒绝接受内心深处产生的那个新世界。同时，我又深陷于幻想、冲动和欲望之中。意识层面的自我竭尽全力搭建一座桥梁，来连接那已经分裂的童年世界。与其他大多数父母一样，我的父母对于这类青春期问题也束手无策，因为从来就没有一个参照。他们只能徒劳无功地让我否认冲动，继续把我当小孩子一样对待，但实际上我早已不是小孩子了。我不知道父母在这方面能够起到什么作用，因此我也并不埋怨他们。面对自我，找到解决办法是我自己的事，但就和大多数青春期的孩子一样，我处理得一塌糊涂。

每个男孩都会经历这一时期，此时，自身的需求与所处环境之间的冲突会达到极致，而只能苦苦探寻出路，往往像是经历了一遍死亡与重生，而这便是命运，一生中必然会经历这么一段时期。童年逐渐成为过去，所爱之人之物渐行渐远，而自己会突然陷入孤独。许多人无法打破这一僵局，于是后半生始终在痛苦中缅怀过去，做着最残酷的美梦。

现在回到我的故事。有太多太多感受和意象标志着我的童年已经结束。其中最重要的标志是，那个"阴暗的世界"或称为"另一个世界"又回来了。弗朗兹·克罗默曾经带给我的折磨再次纠缠着我。

那件事已经过去了好几年。那段不堪回首的时光早已消逝，就像是一场短暂的噩梦，已遗忘于时间的长河。弗朗兹·克罗默自那之后便从我的生活中消失了，以至于我再次在路上碰到他，居然一时没认出来。但我童年时期，另一个对我影响重大的人，马克斯·德米安，却始终与我若即若离。在很长一段时间内，我们仅仅擦肩而过，却没有过多地交流。之后，他又渐渐走近，再次对我产生了一些影响。

我试着回忆有关德米安的事情。我很可能一年多没和他说过一句话。我当时一直躲着他，而他也不强行闯入我的生活。即使我们在路上遇到，他也只是冲我点点头。有时候，他友善的面孔会透着一丝嘲笑或讽刺，但这也许只是我的想象。我们两个人似乎都已忘却我们之间的交情，以及他对我产生的影响。

我可以想起他的样子。现在回想起来，他一直都不曾远去，而我却未注意到他。我时常远远看着他去学校，有时独自一人，而有时与其他同学一起。我能感觉到他的孤独与沉默，游离在圈子之外，而只沉浸在自己的世界中。没有人喜欢他，没有人愿意与他深交，可能他能够交流的只有他的母亲，而我想，他在母亲面前也没有小孩子的一面。老师也不大关注他。他属于一个好学生，但不愿讨好任何人。我们时不时会听到关于他的一些流言，说他曾以怪论反驳老师，而让老师下不来台，这使得他更加不受待见。

每当我闭上双眼，都能回想起他的形象。那是在我家门前的小巷子中。有一天，我看见他站在那条巷子中，手里拿着一个笔记本，正在画着什么。他在画我家大门上方的那个徽章。我站在窗户后面，隔着窗帘盯着他，打量着他那专注、冷酷的脸，很男人，就像是科学家或艺术家，眼神中透着刚强、冷静和睿智。

还有一次也令我印象深刻。数周后，我们在放学回家的路上围观一匹倒地不起的马。身后的马车仍然拴在它身上，它鼻孔大张，痛苦地呼吸着，伤口流着血，染红了身下的路面。我有些恶心，转过头不去看，我看到德米安没有挤进围观的人群，而是远远站在后面，那天他像往常一样穿着考究。

他似乎在盯着马头看，眼神中透着深沉、平静、狂热与冷静。我一时间呆住了，随后又觉得我们越来越疏远。盯着德米安看，我感觉那是一张男人的面庞，而丝毫没有稚气。我还感觉，那也不全是男人的面庞，而又具有一些女性的特质。在那一刻，我觉得他的面庞既不阳刚也不软弱，既不沧桑也不幼稚，仿佛永恒，已经历千年，承载着久远时代的印记。像动物，像树木，甚至像星辰，这些都超出了我的理解。当时，我并不像现在这样对他有个清晰的认识，而只有似是而非的感觉。或许他长得很帅气，或许我喜欢他，而或许是排斥他，我不确定。我只是觉得他与众不同，像个动物或幽灵，甚至像一幅画。他与我们都截然不同。

至于其他的，我基本记不起来了。我并不确定这些是否被之后的印象所掩盖。

直到数年之后，我才再次与他有了交集。德米安并未按习俗在教堂施坚信礼，这再次导致流言四起。周围的同学再次提起他是犹太人，或更有可能是个异教徒。其他人言之确凿地说，他和他的母亲没有信仰，或是某个神秘教派的信徒。同时，我还听说过，他与母亲的关系暧昧。这些流言产生的原因很可能是他没有信仰，而这似乎对他产生了一些不利的影响。但推迟了两年后，他的母亲最终还是允许他接受坚信礼。于是，他便与我参加了同一届坚信礼班。

在开始的一段时间，我一直躲着他，不想与他有任何牵扯。因为他有太多的流言和秘密,但其实最令我苦恼的是,自从克罗默事件后,我一直对他心怀愧疚。我自己的秘密就够多了,那时正处于性启蒙时期。尽管我心向善,但参与宗教活动的兴趣受到了极大影响。神父所讲十分神圣,却是一个虚幻的世界。毫无疑问,那个世界异常美好,但不如我所想得刺激。

随着对坚信礼课程越来越漠不关心,我越来越关注马克斯·德米安。我们之间似乎心有灵犀,容我细细说来。在一个清晨,天刚蒙蒙亮,教室中仍点着灯。我们的神父老师开始讲该隐和亚伯的故事。我当时昏昏欲睡,也听得迷迷糊糊。当他讲到该隐的印记时,我心有所感,于是抬起头,发现马克斯·德米安坐在前排侧着头在看我,眼神中透着蔑视与深邃,我不确定哪种多一些。我只看了他一眼,立刻便专心听讲,听神父讲该隐和他的印记。我内心升起了一种想法,我们可以从另一个角度解读该隐的故事,甚至可以进行批判。

便在这一刻,我与德米安之间又重新联系到了一起。神奇的是,仅仅是眼神的接触,竟然产生了某种精神层面的亲近感。我不知道他是故意的还是偶然,当时我坚信那是偶然。但几天后,德米安突然换了座位,就坐在我前面

（我仍清晰地记得，在拥挤的教室内，各种气味混杂，而我喜欢闻他身上的香皂味）。而又过了几天，他再一次换位。现在，他坐到了我的身边，直至冬天过去，春天来临。

对我来说，早课完全变了个样。我不再昏昏欲睡，也不再觉得无聊。相反，我开始期待上早课。有时，我们专心致志地听讲，而他的一个眼神便会让我注意到某个不同寻常的故事或箴言。而再一个眼神，我便会对老师所讲的产生批判或质疑。

而更多时候，我们均心不在焉。德米安对老师和同学始终都彬彬有礼。我从未看到过他做恶作剧，也从未听过他大笑或散播流言；他也从未受过老师的训斥。然而，他会安静地给我个手势或眼神，让我参与他的行为，而这有时候很怪异。

例如，他会告诉我哪个学生比较有趣，而他又会怎样研究他。对于一些人，他已经十分了解。课前，他会告诉我，如果他晃动大拇指，谁谁就会回头看我们，或挠脖子。上课期间，德米安会突然竖起大拇指，做个明显的姿势，然后我便会去看他说的那个学生，而对方也像牵线木偶般做出相应的动作。我要求他也对神父试试，但他拒绝了。而有一天，我没做功课，于是告诉他我希望神父不会提问我。那天，他帮了我个大忙。当神父挑选学生背诵教义时，他环顾四周，发现了我的焦躁不安。于是，他缓慢走近，伸出手指着我，就在马上喊出我的名字时，他突然有些分心，拽了拽衬衫领子，走到德米安身边，而德米安径直盯着他的双眼，似乎想要问些什么。但神父却转过头去，清了清嗓子，然后喊了另一个人背诵。

尽管这些小把戏总能让我高兴，但我渐渐意识到，他也时常用在我身上。有时在上学的路上，我会忽然觉得德米安就在我身后不远，而当我回头时，他还真在那儿。

我曾问过他："是不是你想要别人想什么，他就想什么？"

他以冷静、客观、成熟的语气回答："不是，做不到这样。你想想，神父认为我们拥有自由意志，但实际上我们通常没有。他都做不到让人想些什么，我也做不到。但我们可以仔细观察他人，然后几乎可以准确地推断出他们的想法或感觉，也可以预测出对方接下来的动作。这其实很简单，只是大家不知道罢了。当然，这需要练习。就比如，世界上有一种蝶类生物，叫夜蛾，雌蛾的数量远低于雄蛾。其繁殖方式与其他动物的繁殖方式类似，即雌蛾受孕后产卵繁殖。举例来说,博物学家做过一种实验,即抓住一只雌蛾,晚上会吸引来许多雄蛾,即使那需要飞行数个小时!好几个小时呀!你想想,在数里外,这些雄蛾都能察觉到这只雌蛾的存在。至今,博物学家仍难以解释这个现象。一般我们假设,它们具有敏锐的嗅觉,就像猎犬一样,能追踪极细微的气味。明白了吗?我们周围充斥着此类难以言表的事情。但我认为,如果雌蛾和雄蛾一样多,那么雄蛾很可能不会进化出这么敏锐的嗅觉器官。为了繁衍,它们必须不断进化。如果你将所有精力专注于一个结果,那么你一定能实现目标。其实就这么简单。你的问题也可以这样回答。你只要观察得够仔细,甚至能比当事人还了解他自己。"

我多次想要提及"读心术",来提醒他克罗默的事情。但奇怪的是,我们两人都绝口不提多年前对我帮助巨大的那件事,就好像从没发生过一样,又好像都已经忘却。有这么一两次,我们在街上碰到过克罗默,但我们连看都没看对方一眼,且什么也没说。

"意志是什么?"我问他,"你一方面说我们没有自由意志,而又说我们需要专注于某个目标来实现它,这有些说不通呀。如果掌握不了意志,那么便无法随心所欲。"

他像之前一样，拍了下我的肩膀。

"都学会提问题了，"他笑道，"你就应该多问。其实非常简单。比如，如果雄蛾专注于朝星星或其他不可能抵达的目标飞去，它绝不可能成功。但它们从不做这样的尝试，而是做有价值的事、需要做的事或其一生中必须做的事。正是这样，它们才进化出其他生物所没有的超凡第六感。相比动物来说，人类拥有更多的选择和更广泛的兴趣。但我们也受诸多无法打破的限制。如果我想要去北极，只有愿望足够强烈时，才能促使我付诸行动。一旦你遵从内心行事，那么你便会实现目标，然后你便能够掌握意志。但是如果我想要神父不再戴眼镜，那必定徒劳无功。但去年秋天，我希望调换座位，这就简单多了。某天，有个排在我前边的人病好了后回来上课，需要有人给他腾位子，于是我便主动提出让位，因为我早就想抓住这个机会。"

"哦，"我说，"我当时还觉得奇怪呢，自从我们彼此产生了兴趣，你的座位就越来越朝我靠近。但你到底怎么做到的？你并不一下就要求做我的同位，而是首先坐我的前排。你怎样又调了一次？"

"哦，这样说吧，其实我并不确定想要调到哪，只是想从前排调开,尽可能调到后面去。我想要坐到你旁边的位子,但当时并没有意识到这一点。同时你似乎也愿意让我坐到旁边,这也对我有所帮助。当我调到你前面时,我才发现我的目标只实现了一半,而我的最终目标是坐到你身边。"

"但当时并没有人生病,没有人病好了返校,也没有人插班呀。"

"对的,但我只是说我想调到你的旁边。跟我换位的那个学生虽然有些惊讶,但还是与我换位了。神父其实知道我换位了,现在他每次注意到我都还有些不自在,他知道我叫德米安,我应该坐在前排,而不是后排。但因为我主观上的反对,并连续设置障碍,他并没有意识到那是我主导的。每次注意到座次有所变化,他便看向我,试图察觉些什么。但我的办法很简单,每当他盯着我时,我也会与他对视。没有人能与我对视多长时间,他们一般都会变得紧张。如果你想要从某个人那里看出些什么,只需要盯着他的双眼,但如果他并不感到紧张,那你就只能放弃,因为这个方法肯定不会奏效!但这种情况很少见,实际上我只遇到过一个这样的人。"

"是谁?"我迅速问道。

他眯着眼看着我,就像是在思考,然后移开眼神,不再说话。即使我十分好奇那人是谁,我也不敢再继续追问。

我认为他说的是他母亲。他曾告诉我,他和母亲之间的关系很亲密,但从未提过她的名字,也从未带过我去他家,因此我不知道他母亲长啥样。

有时我会试图模仿德米安,将意志集中于某个我想达成的目标上。尽管我的愿望似乎十分迫切,但什么都没发生,这个方法不起作用。我不能去问德米安,也不能向他承认我的愿望。同样,他也没问过我。

在那段时间里,我的宗教信仰出现了裂痕。我的思想明显受到德米安的影响,与其他学生的思想不同。他们鼓吹无信仰,有时会宣称信仰上帝荒谬而没有任何意义;三位一体和马利亚因圣灵感孕①的故事简直荒诞。在我们的时代还宣扬这些,实在是荒诞。我的想法却不同,尽管我对有些故事也抱有疑问,但我从小就在父母的引领下虔诚地祈祷,因此我知道信仰能够发挥积极的作用,绝对称不上

---

①圣母马利亚生耶稣时是童贞女,受圣灵感应而生。

伪善。相反，我仍深深地敬畏宗教。然而，德米安却让我以一种更自由、更独立、更有趣、更具想象力的方式来解读圣经故事，我也很乐意了解他的一些解读。比如他对该隐的解读，就显得太标新立异了。

有一次在课上，他提出了一个更大胆的观点，让我震惊莫名。当时神父刚向我们介绍完各各他[①]，其实耶稣受难的故事从小便给我留下了很深的印象。小时候，每到耶稣受难日，父亲便会给我们讲耶稣受难记，我便会沉浸在这个悲伤但美好、可怕而又生动的世界。每每听到客西马尼[②]、各各他的故事，听到巴赫的《马太受难曲》，我便沉浸在那个神秘的世界中不能自拔，并不由自主地颤抖。直到现在，我依然认为巴赫的音乐中包含所有诗性的精华。

那堂课后，德米安沉思道："我不喜欢这个故事，辛克莱。你再读一遍吧，细细解读一下。有些地方似乎不对劲。就是那两个强盗，与耶稣一起被钉死在十字架上。三个十字架立在那，令人印象深刻。但为什么讲那个强盗被

[①] 耶稣被钉死在十字架上的地方。
[②] 蒙难地，耶稣被犹大出卖被捕之地。

感化？他肯定是彻头彻尾的恶棍，已经承认了所有罪行，天知道还有什么，但在那时却痛哭流涕、痛改前非、懊悔异常！都快下地狱了，懊悔又有什么用，你说呢？这只是一个劝善故事，试图用语言打动你。如果让我从两个强盗中选择一个当朋友，或者选择更信任谁，我肯定不会选那个哭求悔改的人，而选择另一个人，因为他比较有骨气。他自始至终都不转变，因为转变对他来说都是谎言。他一条路走到黑，没有抛弃背后唆使他的魔鬼。他十分有个性，而在圣经故事中，这种人一般都死得早。他或许是该隐的后代，你觉得呢？"

我只剩下惊愕。我曾一直认为我读懂了耶稣受难的故事，但他的话使我第一次意识到，我的理解多么浅薄。德米安的观点太过极端，几乎推翻了我一直以来的信仰。不对，我不能怀疑一切，尤其不能怀疑那些神圣的故事。

如同往常一样，在我提出异议前，他已经意识到我的抗拒。

他退一步道："我知道，这同样也是个古老的故事，别当真！但我还是想说一下，这样的问题还很多，均能够证明宗教的缺陷。《新约》和《旧约》中的上帝虽然超凡，但并不完全仁善、高贵、慈爱、美好、崇高、感性，而是存在其他一些特性。这些可以归于邪恶，这另一半世界被抑制和掩盖。他们视上帝为万有之父，却绝口不提男女之间的性事，反而将之视为一种罪孽；但实际上，这才是人类繁衍的基础。我并不反对人们信仰耶和华，但我认为我们应敬畏一切，敬畏整个世界，而不仅仅是这个人为创造的世界。因此，除了信仰上帝外，我们还应了解一下魔鬼。我认为，我们应该创造一个接纳魔鬼的上帝，这样我们便无须掩盖、诋毁世界上最理所当然的事情。"他一时间一反常态，变得十分激动，但随之又开始微笑，不再进一步深究。

然而，他所说的这些扰动着我的青春期。当时，我心中有一个秘密，而且谁也没告诉。德米安关于上帝和魔鬼的言论，完全说到了我的心里。我的秘密、我的世界就分成了两半，一半光明，一半黑暗。我意识到，我的问题是所有人都会遇到的问题，这是关于生存和思考的问题。意识到我的生活和观点在芸芸众生中不值一提后，我突然产生了一丝恐惧与敬畏。这一意识让我感到安心、满足，但并不令我多么高兴，反而有些苦涩，因为那意味着责任，意味着我不能再幼稚下去，而应该独立起来。

于是，我第一次向德米安透露了埋藏在我内心深处的秘密,告诉他我眼中的"两个世界"。他立马意识到我的想法与他的不谋而合,但他却并没有利用这一点。他比以往任何时候都聚精会神,凝视着我的双眼,而我忍不住躲闪。我从他的眼中再次看到了那种动物似的神情以及不可思议的成熟感。

"咱们换个时间再讨论这个问题,"他打断我说,"我能看出来,你现在无法完全表达你的想法。但这表明,你没有随心所欲地生活,这肯定会有坏处。想法只有实施之后才有价值。你也明白,光明的世界也仅是一半,而你和神父一样想要掩盖另一半世界,肯定不会成功。只要意识到了,就没有人能成功掩盖。"

这番话说到了我的心里。

"但世界上有那么多禁忌、丑恶的事情!"我几乎大喊出声,"这你不能否认。有些禁忌我们必须放弃。当然,我知道世界上存在着谋杀等恶行,但难道就因为存在这些恶行,我们就变成浑蛋吗?"

听到我这样说,他安慰道:"今天我们估计得不出答案。当然,你不能去杀人或强奸,但你还不明白'合理'和'禁忌'的真正含义。你只是感知到了部分真理,你终究会有更深入的理解,而最终依之行事。这一年来,你一直有一股冲动,比其他冲动都强烈,这就是'禁忌'。希腊人以及其他许多民族却将这种冲动视为神圣的事,并专门设有节日来庆祝。换句话说,禁忌并非一成不变。只要一对男女在神父的见证下宣布结婚,那么他们便可以同居。但直至今天,其他民族的观念也不相同。因此,我们每个人都应该探寻自身的'合理'和'禁忌'。有人可能终其一生都不曾违反法则,但这却并不阻碍他成为一个浑蛋,反之亦然。实际上,这只与懒惰相关。那些懒于思考的人会服从世俗的力量,而勤于思考的人则会探寻其内心深处的法则,对他们来说,正派人一直坚持的事也可能属于禁忌,而遭人唾弃的也未必就不合理。因此,每个人都应有自己的判断。"

他似乎突然后悔说多了,安静了下来。此刻,我似乎察觉到了他的想法。虽然他以一种满不在乎的态度表明想法,但正如他之前告诉我的那样,他无法忍受单调的谈话。然而,他非常喜欢与我闲聊,这能给他带来巨大的欢乐。总之,没有那么多许诺。

提到许诺,我突然想起一件令我和马克斯·德米安都印象深刻的事情。

当时,施坚信礼的日子就要到了,我们在课上也开始讲"最后的晚餐"。神父很重视这个故事,尽可能详细地进行解读。我们甚至能够感受到那庄严的氛围。然而,我却心不在焉,走神去想德米安。我即将接受坚信礼,然后成为正式的信众,但我却不由自主地产生一个念头,即参加课程的价值并不在于我学到了多少知识,而在于我认识到了马克斯·德米安并受他影响。那段时日并非仅使我接受坚信礼,而是意识到世上一定存在其他想法和个性,而德米安便是代言人和信使。

我试图压住这一想法,因为我希望保持一定的尊严来接受坚信礼,但新念头却让我心里乱糟糟的。无论我怎样做都无法摆脱这个念头,反而变得越来越清晰。我准备好以不同的心态来接受坚信礼,这意味着我将通过德米安进入这个思想的世界。

有一天课前,我们就某个问题产生了争吵。他坚信自己的观点,似乎不愿与我多说什么,或许因为我的想法太早熟。

"我们不该讨论这么多,"他以不同寻常的严肃态度说,"强词夺理毫无价值,只能让人丢失自我,而这又是一种罪孽。人必须完全爬进自己的内心,就像乌龟一样。"

说完这些,我们恰好走进教室。开始上课时,我试图专心听讲，德米安也没有打搅我。但过了不久，我觉得旁边有些不对劲，透着空虚、冰冷的气息，似乎突然变得空了。这种感觉愈加强烈，迫使我转过头去。

但我发现德米安坐得笔直，像往常一样。但看上去却完全不同，周身似乎萦绕着莫名的气息。恍惚间，我以为他闭着双眼，再看时却发现并非如此，但没有焦距，只是茫然地盯着前方，似乎在看向内心或遥远的他处。他坐在那一动不动，连呼吸似乎都停止了。他的嘴角棱角分明，仿若由木头或石块雕刻而成。他的面色惨白，就像是已经石化；全身最有生气的只有那一头棕发。他的双手放在桌子上，毫无生气，就像是石头或者水果，一动也不动，但又像蚕茧，其中孕育着强劲的生命。

看见他这样，我全身微微发颤。我当时想，他是不是死了，甚至几乎大喊出声。我出神地望着他的脸庞，他似乎戴上了一张苍白的石头面具，我就想，这或许才是真正的德米安。而当他走近我、与我交谈时，都隐藏了这一面，扮演着另一个角色，调整自己以表现得像其他人一样。但他真正的面目是这样的，原始而像动物或大理石，美丽却冰冷，死气沉沉但又具有难以置信的生机。他周身透着空虚、空寂甚至死寂的气息！

他已经完全沉浸在内心活动中了,我感觉。我担忧地发颤,因为我从未感到如此孤独,从未感到离他如此之远。他变得难以触及,就像是站在世界另一端的某个孤岛上。

我身边居然没有人注意到他!所有人都应该注意到的,所有人都应该因此而颤抖!但没有!他坐在那里,像个雕像,在我眼中更像个神像!这时,一只苍蝇落在了他的额头上,然后爬到了他的鼻尖和嘴唇,但他居然连动都没动一下。

他神游到了哪里?他在想什么?他感觉到了什么?是去到了天堂还是地狱?

我问不出口。最后,他呼了一口气,我才觉得他还活着。他转头看了我一眼,又变回了以前的样子。他来自于哪里?去了哪里?他看上去似乎有些疲惫,但脸色不再苍白,双手也动了动,但棕色的头发却没有了光泽,仿佛失去了生机。

在接下来的几天里,我在卧室里尝试练习一个动作:笔直地坐在椅子上、眼神僵直、一动不动,看能保持多久,有什么感觉。结果表明,我仅感到疲倦且眼皮发痒。

紧接着,我们接受了坚信礼,但我却对此没有多少记忆。

  现在，一切都已经改变。我的童年世界已经支离破碎。父母的眼神带有某些尴尬，姐姐也开始疏远我。我幡然醒悟，往日的感受和欢乐已离我而去。花园中的芬芳不再，树林也失去了往日的吸引力，而我周围的世界仿若一个旧货市场，平淡乏味。书籍只意味着纸张，而音乐也变成了噪音。我仿佛变成了秋天的一棵树，树叶飘落，生命逐渐退缩到内部，感觉不到雨水从树干流下，也感觉不到日出或霜冻；然而并没有死去，而是在等待下一个春日。

  我的父母决定在假期结束后将我送至寄宿学校读书，这是我第一次离家。母亲有时会来看我，她的温柔就像是提前与我告别，这激起我的爱、思乡之情，并铭记于心。德米安也出门旅行去了，我又变得形单影只。

贝阿朵莉丝

整个假期我都没再见到德米安。开学前夕，我的父母陪我一起去学校所在的城市，将我安置在了一家由预科学校教师经营的寄宿公寓。要是他们知道这样做会使我走到何种地步，定会骇然莫名。

我依然有一个疑问。我最终会成为一个乖儿子和对社会有用的人，还是我的秉性会让我走上截然不同的道路？我曾在很长一段时间内尝试在父母的关照下无忧无虑地生活，而且几乎要成功，但最终彻底失败了。

坚信礼结束后，我第一次产生了一种孤独和空虚感，而在之后时常有这种感觉，久久不曾消退。令我十分惊讶的是，我并不没有因为离家而不安，也没有产生多少思乡之情；姐姐们看着我离开抹眼泪，但我却没有一丝想哭的意思，这让我十分惭愧。我曾多愁善感，且本质上属于乖孩子，但现在却变了，变得对外部世界漠不关心，而时常好多天只聆听内心的声音，思考那些禁忌问题；我平静的表面下，内心早已在咆哮。半年之内，我长高了数英寸，身材显得十分清瘦，而内心也逐渐成熟。我不再纯真，很可能没人会喜欢现在的我，当然连我自己都谈不上喜欢。

我时常会想起马克斯·德米安，但有时我也会恨他，恨他让我的生活一团糟。

在寄宿公寓中，我并不受欢迎，也不受人重视。他们一开始嘲笑我，但后来却不再搭理我，认为我是个孤僻的怪胎。我自己也觉得如此，便更进行自我孤立。在外人看来，我似乎十分潇洒，但实际上，我时常感到莫名悲伤与绝望。在学校中，我掌握的知识比他们多出一大截，因为现在的课程落后一些。我开始以轻蔑的眼光看待那些同龄的孩子。

就这样，一年过去了。其间几次放假回家，我都没感受到多少温暖与热情，甚至期待再次离开。

时间来到了十一月初，我早已习惯边散步边想事情，风雨无阻，这让我癫狂，沉浸于忧郁、厌世、自憎的氛围。一天傍晚，起了薄雾，我在漫无目的地游荡。公园中的林荫道有些荒芜，召唤着我进入其中。路面铺满了落叶，我带着快感踢翻了它们，散发出湿潮的气味。远处的树木在雾中若隐若现，仿佛一个个幽灵。

走到道路尽头，我迟疑地停下了脚步。

盯着黑黑的树叶，我贪婪地呼吸着那腐朽而潮湿的空气，这令我的内心十分欢愉。

有个人从小径走来,外套随风起伏。我打算转身离开,但就在那时,他叫住了我:

"你好,辛克莱。"

他走了过来,是贝克,班级中年龄最大的一个男孩。我很高兴见到他,尽管他经常讽刺比他小的孩子,包括我,同时也比较傲慢,但我并不讨厌他。他长得像一头熊一样强壮,甚至老师都听他的。学校中流传的很多故事中都将他当作主角。

"嗨,你在这干什么?"他以一种哄小孩的语气问道,"我敢打赌,你在写诗,对不对?"

"我才没兴趣。"我直接堵了回去。

他大笑几声,然后走了过来,开始与我闲聊,而我很久都不习惯这种闲聊了。

"别以为我不懂,辛克莱。秋日傍晚,漫步于薄雾中,心怀一丝愁绪,让人不自觉地就想来上一首,我懂的。感叹万物枯萎,当然也会感叹逝去的青春,就像海因里希·海涅[①]那样。"

[①]德国著名德国诗人、小说家。

"我没那么多愁善感。"我反驳道。

"好吧,不承认就算了。但我觉得,这样的天气最适合的是找个地方坐下来喝一杯。你来不来?我正好也一个人。我并不是要将你引入歧途,你要是想一直当个乖孩子,那就算了。"

不多久,我们便已在镇子边缘的酒吧中举着厚厚的玻璃杯,喝上了劣质酒。我一开始不太适应酒的味道,但那却是一种全新的体验。很快,或许是因为喝了点酒,我的话多了起来。那天,我似乎又敞开了心扉。有多久我没与其他人畅谈了?我开始胡说,最后说开了该隐和亚伯的故事。

贝克听得饶有兴致。终于有人听我唠叨这些了!他拍了拍我的肩膀,夸我了不起。经历了长久的压抑,我终于将心中的话倒了出来,并得到了别人的认可,这令我大呼痛快。他称我"你这聪明的小浑蛋",就像美酒滋润了我的灵魂。世界重新焕发光彩,我的想法如喷泉般涌出,热情之火在我心中燃烧。我们又谈论了老师和同学,我们的想法似乎出奇地一致。之后,我们又谈及了希腊人和异教徒。但贝克最想知道的是我有没有睡过女孩,我只能沉默不语。没有经历,也就无从说起。我曾幻想过、纠结过,但从未放纵过,就连这次喝得醉醺醺,我也控制住了。贝克对女孩子十分了解,滔滔不绝,以至于我连一句话都插不上。有些不可思议,我从没想过,但又无比正常。贝克当时十八岁,却似乎已纵横情场多年。就比如,人们认为女孩子都比较轻浮,但他却说实际并非如此,女人也可以取得成功,女人更理性。他认为雅各莉特夫人就那样,她拥有一家文具店,我们都可以去买东西,但柜台之后的事情却不可说。

我痴迷地听他说着这些,有些目瞪口呆。当然,我从未对雅各莉特夫人产生爱慕之情,但他所说的实在令我非常震惊。至少对年龄稍大的男孩来说,她是爱慕的对象,而我从未这样想过。我却感觉有些不对,他所说的比爱慕更低俗,但至少真实,这就是生活与冒险。贝克经历过这些,因此他觉得再正常不过。

说到这,我们之间的交流似乎变少了。我也不再是他口中的那个"聪明的小浑蛋",而是一个小男孩在听大人唠叨。即便如此,这也比之前几个月的物料生活精彩得多,让我十分享受。而且,我渐渐意识到,我们所谈论的都是禁忌,至少对我来说,我尝到了叛逆的滋味。

我可以清晰地忆起那个夜晚。我们相伴,沿着朦胧的路灯朝回走去。我第一次喝醉了，没有什么痛快的感觉，有的只是痛苦，但给我的生活和精神带来了一丝紧张、叛逆的滋味。尽管贝克咒骂我酒品差劲，却扶着我一路回到了寄宿公寓，最后将我从走廊的窗户中推进屋内。

昏睡半晌后，我清醒了过来，在痛苦与忧愁中坐了起来。当时我身上只穿着衬衫，其他的衣物散落在地板上，散发着烟味和呕吐物的味道。我感到头疼、恶心和口渴，恍惚间像是回到了家中，回到了我的房间，看到了父亲、母亲和姐姐，又回到了花园中。我又回到了熟悉的卧室、学校、市集和坚信礼课堂上，又见到了德米安，一切都那么美好、纯粹。这些在昨天、甚至几小时之前仍全部属于我，但就在此刻，都已支离破碎并离我而去，它们厌恶地一把推开我。之前的种种亲密关系、父母带来的美好、母亲的每一个吻、每一个圣诞节、每一个虔诚祈祷的礼拜日以及花园中的每一朵花，都被我扔在地上践踏！如果我现在因亵渎罪被捆绑并押至绞刑架，我一定会坦白忏悔并甘愿受罚，绝无异议。

这就是我，一个傲慢、倨傲、深受德米安影响的人，就是一个肮脏不堪、令人憎恶、乳臭未干的废物、小人、醉鬼，一头被欲望支配的野兽！这就是我，生于整洁、光彩、柔美的花园，曾热爱巴赫与美丽的诗歌。头痛与恼怒中，我仍能回想起昨夜的醉态与任性妄为，愚蠢的狂笑仍在耳边回响，这也是我。

终究，这些苦恼也令我沉醉。我已麻木不仁太久，我的心也沉寂了太久。我畏畏缩缩地躲在角落中，以至这种自责、恐惧和糟糕的感觉都令我狂喜。至少，我又有了感觉；至少，我又有了一丝激情；而又至少，我的心再次跳动了起来。虽然一团乱麻，但我却感到一丝解脱。

在别人眼中，我很快堕落了。在那之后，我很快又多次喝醉。我更频繁地流连于酒吧。学校中不少人好酒，而我是其中年龄最小的一个。很快，我从跟班变成了组织者，成了一个声名狼藉的酒鬼。我再次拥抱那个黑暗的世界和魔鬼，且这次远非一个无名小卒。

但我仍感觉苦恼异常。我持续自甘堕落，而周围的小伙伴都以我为首，认为我十分风趣，但我的灵魂却悲伤莫名。我仍能记得，在一个周日的清晨，我坐在酒吧中，看着大街上的孩子们在快乐地玩耍，他们精心梳理了头发并穿上了最好的衣服，我不由自主地流下眼泪。我的狐朋狗友却围着脏兮兮的桌子，只是喝着啤酒。那天我对他们冷嘲热讽，很让他们震惊。但在内心深处，我却敬畏我所贬低的事物，并对着灵魂、过去、母亲和上帝哭泣。

我从未真正成为他们中的一员，反而时常觉得孤独，时常痛苦不堪。原因在于，我只在酒吧中逞能，满足最原始的欲望。我关于老师、学校、父母和教堂的想法十分大胆。我能听他们讲下流的段子，甚至有时也会讲上一段，但从不加入他们去找女人。尽管从我的言论中判断出，我是一个全无感情的好色者，但我却总是感到孤独，渴望得到爱，绝望般地渴望。我无比脆弱、腼腆，每次看到穿着艳丽、漂亮、优雅的年轻女孩，都仿若梦境般美好、纯洁，不禁令我自惭形秽。甚至有段时间，我都不敢走近雅各莉特夫人的小店，因为我会想起贝克那天所说的话，而变得脸红。

我越感到孤独，越感到与周围狐朋狗友的不同，就越离不开他们。我不记得痛饮吹牛是否曾真正让我感到一丝快乐。我从未习惯饮酒，也不常醉得一塌糊涂。我有时不由自主地要去喝酒，但仅仅是因为我不知该做些什么。我害怕长时间的孤独，害怕变得软弱、纯真，还害怕产生爱意。

我缺少一个真正的朋友。有那么两三个同学似乎可以成为朋友，但他们都规规矩矩，而我的放荡不羁却众人皆知，这导致他们一直躲着我。在他们眼中，我无可救药。老师也都视我为眼中钉，动不动就惩罚我，在他们看来，开除是早晚的事。我早已成为别人眼中的坏学生，但我仍然能够踩着及格线通过一次次考试，给人的感觉就是下次肯定完蛋。

上帝有无数方法让我们感到孤独，然后回归自我。当时我就处于这种境地。那简直是一场噩梦。我蹒跚蹚过污秽烂泥，踩着破碎的啤酒瓶，整夜放纵而茫然不自知，从未寻得一丝安宁。我时常梦到自己在拯救公主的路上，陷入泥沼或迷失在散发恶臭、堆满垃圾的漆黑小巷中。这便是我当时的感受。我变得孤独，我与童年之间立起了一道大门，门旁还站着两个冷酷的门神。从那开始，我渐渐怀念起曾经的自我。

学校曾多次致信向家里告状，于是父亲突然前来看我，这令我吓了一大跳。而当他在冬末第二次来的时候，我已波澜不惊。我默不作声地听他的责骂与恳求，听他让我考虑考虑母亲。终于，他恼了，说要是我不改，他便让我退学，然后将我送去少年管教所。爱咋样咋样，我想！他离开后，我有些愧疚。他没能劝动我，而有时候我觉得他活该。

我也并非漠不关心。我去酒吧大肆吹嘘，恰恰是我对抗这个世界的方式。我正在走向毁灭，但有时候我也意识到，如果世界没有给我这样的人留出位置，没有安排更难的任务，那么我们只能自暴自弃，这是整个世界的损失。

那年圣诞节，全家人都过得不开心。母亲看到我时吃了一惊。我又猛长了一截，瘦削的脸庞惨白、颓废，面色憔悴、眼睛红肿。当时刚长出胡子，加上鼻梁上的眼镜，让我看起来老了许多。姐姐也取笑我的样子，所有的一切都不友好。在书房中与父亲的谈话，以及与亲戚们的见面十分不愉快，而圣诞节前夜尤其让我感到不快。小时候，圣诞节一直是家中最隆重的节日，全家人一起欢庆，空气中都充斥着爱与感恩，每次我与父母的感情都会加深一步。而这个圣诞节，气氛异常压抑、尴尬。如同往常一样，父亲首先读了一段箴言"牧羊人看管羊群"，姐姐们站在摆满礼物的餐桌前，显得兴高采烈。但父亲的声音中透着不满，脸色阴沉，而母亲也显得有些悲伤。礼物、祝福、福音与圣诞树，所有一切都显得不合时宜。姜饼散发着芬芳，让我想起无数甜蜜的回忆。圣诞树的香气讲述着离我而去的世界。我盼望着夜晚早点到来，假期早点结束。

整个冬天就这样过去了。很快，我接到了教导处的警告，威胁要开除我。随便吧，我才不在乎。

转学之后，我就再也没见过德米安。头几个月，我给他写过两次信，但他一封都没给我回。这让我一度十分怨恨他。因此，这个假期我也决定不去找他。

早春时节，我又来到那个公园，一个女孩走进了我的视野。那天我独自一人在公园漫无目的地走着，脑海中思绪杂乱。那段时间我的身体不好，且零花钱也不够了，因此欠了同学不少，我便需要不断编造理由从家里要钱。我在不少商店中赊香烟和啤酒。这并不特别令我担忧，我担忧的是自己很快会被学校开除，担忧是投河算了还是被送到少年管教所。尽管我不得不面对这些小事，并让我心烦意乱，但相比我的担忧来说却又无关紧要。

在一个春日的早上，我在公园中遇见了一个女孩，那似乎便是一见钟情。她身材修长、穿着优雅且面庞透着精明与英气。我一下陷入了爱河，她就是我一直想找的女孩。她看起来比我要小，却显得更加成熟，周身散发着优雅成熟的气息；但其面容中透着些许阳刚和稚气，这是最吸引我的地方。

我从未搭讪过喜欢的女孩，因此见着她，我也不知该怎样做。但她给我的印象比之前任何一个女孩都强,这一段沉迷对我的生活产生了重大的影响。

恍惚间,我想到了一个高雅完美的形象,我内心从未如此炽热地爱慕一个人。我认为她是我的贝阿朵莉丝①,即使我并没有读过《神曲》,但我从一幅油画中了解这个角色,我还保存着一幅复制品。这是一幅拉斐尔前派风格的画作,画中的女孩四肢修长、身材苗条、长脸、双手超凡脱俗。让我一见钟情的女孩与画作中的女孩并不完全一样,但她也有苗条的身材和英气的面庞,散发着灵性。

尽管我从未与她说过一句话,但她在那段时间却对我影响深远。她的出现打开了一扇神圣的大门,让我皈依神殿。我突然间不再光顾酒吧,也抛弃了其他恶习。我又变得孤身一人,却喜欢上了阅读和散步。

我突然变了性子,这让我被好一阵嘲讽。但我找到了爱慕的人,我再次有了偶像,生活再次充满了神秘的美好,让我可以无视那些嘲讽。尽管我成了她的奴仆,但再

---

①但丁《神曲》中的重要角色,甚至可以说但丁是为了她而写的《神曲》。她曾是但丁的恋人,但丁对她的爱是一种精神上的爱情。

次找回了自我。

每每想起那段时光，我都满怀欣喜。我再次努力构建一个"光明的世界"，来解决那段时间因堕落带来的问题。我再次竭尽全力消除黑暗和邪恶。这个"光明的世界"在一定程度上由我自己构建，我不再逃避，不再逃回母亲的怀抱。这是一项责任，我必须自己承担，进行自我约束。我的性意识一直以来都在折磨着我，但现在却升华到精神层面的爱慕，消除了所有阴暗和丑恶。夜晚我不再辗转反侧，不再看着淫秽图片就兴奋，不再扒门缝偷听，也不再胡思乱想。我心中有一座贝阿朵莉丝的圣坛，我决定献身于她，献身于上帝，以我陷入黑暗的那段人生为祭品，献给光明。我的目标纯洁、美丽，且上升到了精神层面，而非低级的欢愉与幸福。

我在对贝阿朵莉丝的迷恋中实现了升华。昨日我还早熟、玩世不恭，但今天我却一心想成为圣徒。我开始改变之前的恶习，试图做一个纯洁、高尚的人。我改变了饮食方式，不再喝酒，也开始穿得中规中矩，同时说话也变得彬彬有礼起来。我每天早晨洗冷水澡，一开始，这对我来说是个巨大的挑战。我变得认真庄重，甚至开始模仿绅士的步态。在他人看来，这十分滑稽可笑，但对我来说，这却是一场朝圣之旅。

在这些转变中,有一项对我尤其重要,那就是绘画。我在一开始临摹我收藏的那幅油画,后来我想把我遇见的那个女孩画出来,送给自己。我满怀欣喜并充满希望,买来画布、颜料和画笔,一一摆放在房间中(我刚被分配了一个单间),然后准备好了调色板、玻璃片、瓷盘和铅笔。小瓶装的蛋彩画颜料令我十分欣喜。小白盘上的那抹浓郁的铬绿,至今仍历历在目。

我小心翼翼地开始在画布上涂抹。面部十分难画,因此我决定从其他部分开始。于是我首先画背景、花朵和风景:一个小教堂、一棵树、一座罗马式的桥以及桥两侧的柏树。有时我完全沉浸在绘画过程中,我就像个孩子肆意挥洒着画笔。最后,我开始画贝阿朵莉丝。

一开始,我画废了好几幅,都让我扔了。我越想还原她的面容,就越画不好。最后,我放弃了,转而放空自己,依直觉作画。那是一张梦中的脸,还算令我满意。于是我继续画,尽管那不是真实再现,却十分接近我想要的效果。

渐渐地,我变得越来越游刃有余,肆意挥洒。我的脑海中并未事先设定原型,而是潜意识地在挥动画笔。终于有一天,画作完成了,我甚至都没有意识到。望着那张脸,我痴了。这并不是我遇见的那个女孩的脸,而有些虚幻,但对我来说却意义非凡。画中的脸看起来更像个男孩子的脸,头发也不是淡黄色,而是深棕色,略呈微红。下巴坚毅果决,而双唇鲜红欲滴。整体来看有些僵硬,仿佛是一张面具,但令人印象深刻,处处透着神秘的气息。

望着已经完成的画作,我突然有种奇怪的感觉。这张脸像是上帝,又像一张神圣的面具,比较中性化,永恒而又梦幻,同时僵硬但富有活力。它属于我,似乎想要向我传达什么信息,又或是想问我什么问题。越看越有某个人的身影,但我毫无概念。

那段时日,我常想起这幅画,它构成了我生活的一部分。我将它锁在抽屉里,其他人都看不到,因此也不会有人因此而嘲笑我了。每在孤独的时刻,我都会躲在房间中拿出来看一看,跟画中人说说话。而到了夜晚,我会将画挂在墙上,凝视着,直至睡着,这样第二天早上,一睁眼也能看到她。

我又开始做各种各样的梦,就像小时候那样。我似乎已经好几年没做梦了,而现在,一些全新的形象进入了我的梦境。我常常梦到这幅画,画中人活了过来,有时友好,有时却比较抗拒，有时会冲我做个鬼脸，而有时美得惊人、温文尔雅。

一天早晨，我从梦中醒来，突然认出了那张面孔。那双眼盯着我，我竟极为熟悉，而画中人也仿佛要喊出我的名字，就像母亲一样，温柔地看着我。我盯着画，不禁心跳加速。看着那棕色的头发、半女性化的嘴角以及发亮而显得坚毅的额头（画晾干后额头自动发亮）。我似乎就要认出来那是谁。

我跳了起来，大步来到画前，身体前倾，仔细观察那微带绿色的双眼，其中右眼比左眼略高。一刹那，右眼仿佛眨了一下，虽然很细微，但的的确确眨眼了。我想，我认出来了……为什么这么久才认出来？那是德米安的脸啊！

之后，我经常拿那幅画与记忆中的德米安进行对比，尽管二者之间有相似之处，但并不完全一样。总而言之，那就是德米安。

在某个初夏的傍晚，夕阳西下，余晖透窗而入，将我的房间染上了色彩。我突然产生了一股冲动，将贝阿朵莉丝或又可以称作德米安的肖像钉在窗框上，看落日余晖透过。那张脸变得模糊，但那双眼、那发光的额头、那红红的嘴唇却更加鲜艳,我就坐在那盯着看了许久许久,直到太阳落去。我渐渐觉得,那既不是贝阿朵莉丝也不是德米安,而是我自己。并不是因为那幅画看起来像我,且我也从未觉得像,而是它能够决定我的生活,是内在的自我,是命运。如果我新交了朋友,那么这幅画便像新朋友;如果我曾爱过谁,那么这幅画便像我的爱人;它也能代表我的生命与死亡,拥有命运的色调和旋律。

那几周,我在读一本书。那本书比我以往读过的其他书给我的印象都强烈。即使在以后的生活中,也只有一本书可与之相比,而那是尼采[①]。这本书名叫《诺瓦利斯[②]选集》,其中有很多格言警句当时我并不明白,但仍令我深深着迷。我突然想起了其中一句格言,然后将之写在了画的下方:

"命运与性情其实是一个概念,只是名字不同罢了。"如今,我似乎懂了。

我之后多次遇到那个被我称为贝阿朵莉丝的女孩,

[①] 德国著名哲学家,西方现代哲学的开创者。
[②] 德国诗人。

但再也无法让我心生波澜,只是觉得她温文尔雅。我会告诉自己,我们之间联系到一起的并非她本人,而是她的意向,那已成为我命运中的一部分。

我再次强烈思念德米安。我已数年没有他的消息。上一次见面还是在一个假期。我在日记中都故意不提及那次简短的会面,而我明白那是出于虚荣和羞愧。我必须做出些弥补。

因此,接下来的假期,我回到家乡。我时常出入镇上的酒吧,坐在那盯着窗外的路人,透着疲惫。有一天,我看到德米安朝我走来。我一时没认出来,甚至有那么一刻想起了弗朗兹·克罗默,真希望他完全忘记了那段经历!我感到十分愧疚,尽管那时不懂事,但仍然感到愧疚……

他走过来,似乎等我先打招呼。我尽量表现得很随意,然后我们伸出手握在了一起。就是这个感觉,他的手像往常一样坚实、温暖,同时又冷酷、坚毅!

他盯着我面庞,说道:"你长大了,辛克莱。"他却似乎一点都没变,还是我印象中的那样。

我们自然而然地沿着街道缓缓走着,说着些无关紧要的事。我突然想起我曾写过几封信,但他却没回信。我当时真希望已经忘了这些愚蠢的信!他也没提这件事。

当时我还没遇到贝阿朵莉丝,也没有画出那幅画。我依然整日买醉。

当我们来到镇郊,我问他要不要一起喝一杯,他点头同意。我炫耀似的要了一瓶酒,将杯子倒满,然后与他碰杯,一口干了,向他展现一下我乃酒场老手。

"你是不是经常去酒吧?"他问道。

"嗯,是的。"我答道,"要不然能干什么?也就喝酒还算有趣。"

"你这样想的?或许吧,狂饮沉醉确实挺吸引人。但我认为大多数酒吧常客却享受不到这种乐趣。在我看来,泡酒吧也太无聊了,只是整夜灌酒,然后喝得叮咛大醉!一杯接一杯,这就是你的生活?像浮士德[1]一样整夜整夜沉迷在酒吧中?"

我喝下一大口酒,不满地看着他。

"也对,不是每个人都是浮士德。"我冷冷地说。

他看着我,显得有些吃惊。

随后他笑了,就像以前那样。"好吧,咱不说这个!

---

[1] 歌德同名悲剧《浮士德》中的主人公。

毕竟,醉汉的生活要比普通人的生活更有趣得多。我还从书中读到过,享乐是通向神秘的最佳途径。像圣奥古斯丁①这样的人都是空想主义者。他本身也推崇享乐。"

我抱有怀疑的态度,并想摆脱他的阴影。于是我自负地说道:"是呀,每个人的口味不同。就拿我来说,我压根就不想成为那样的人。"

德米安眯着眼看着我。

他缓缓说道:"辛克莱,我并不想与你争吵什么。况且,你我都不知道为什么会酗酒。相信你内心深处有答案,而它支配着你。你要知道,有这么一个人什么都知道,他的意愿无处不在,做事也比我们做得都好。很抱歉,我该回家了。"

简单告别后,我仍然有些生气,把剩下的酒都喝了。在离开时,我发现他已把账付了,这让我愈加生气。

我又想起了这件事,无法忘却。我也记起了他在酒吧中对我说的那番话:"你要知道,有这么一个人什么都

---

① 古罗马帝国时期天主教思想家,欧洲中世纪基督教神学、教父哲学的重要代表人物。

知道。"

我现在十分想念德米安,但不知道他在哪里,也无法联系到他。我只知道他大概在某个城市上大学。在他读完预科之后,他们便搬离了镇子。

我尽力回忆与马克斯·德米安的种种,最早追溯到克罗默事件。当时他说的话,即使到现在也依然十分有意义。上次见面尽管不愉快,但我仍能记得他所说的话。那说的不正是我吗?我不就是整日用酒精麻醉自己,茫然而迷失?直到遇见贝阿朵莉丝才唤醒了我对生活的热爱,才让我再次向往纯洁和神圣。

我继续沉浸在这些回忆中。夜已降临,窗外下起了雨。我记忆中也有雨天,当时就在那棵栗树下,他询问我关于克罗默的事,猜测我心中的秘密。一件件往事涌上心头,学校、坚信礼课堂。最后回忆起了我们第一次见面时的情形。当时我们说了什么来着?一时没有想起来,但不着急,我慢慢回想。想起来了,当时我们站在我家门前,他跟我讲该隐的故事,然后说起了我家大门上方的那枚徽章。他十分感兴趣,说我们应该好好维护。

那天夜晚,我梦到了德米安与徽章,德米安手里握着徽章,而徽章不断变化。时而变小,显得灰败,但更多时候变大，散发着五彩光芒。但他对我说，那是同一个徽章。最后，他强迫我吞下那枚徽章！吞下后，我感觉徽章上的那只鸟在我的肚子中活了过来，开始长大，似乎想要撕开肚皮钻出来。我吓得魂飞魄散，一下子醒了过来。

我没了一丝睡意。时间尚是午夜，我能听到大雨瓢泼而下。我起身关窗，脚上似乎踩到了某个闪闪发光的东西。第二天早晨，我才发现那是我画的那幅画。它现在躺在水坑中，边角已经有些褶皱。我用两张吸水纸包住，然后夹在一本厚书中。第二天打开看时，它已经干了，但变了样子。红色的嘴唇颜色褪了许多，现在看起来完全就是德米安的嘴唇。

我开始画徽章上的那只鸟。

我已记不清那只鸟长得什么样，况且，就算靠近了看也无法看清一些细节，因为它太旧了，而且被一次次刷漆覆盖。那只鸟似乎站在什么东西上，或许是一朵花、一个篮子、一个鸟巢或者树梢。我暂时先不管那些细节，而从比较清晰的部分开始画。我提笔就用了鲜艳的颜色，将鸟头画成了金黄色。一有兴致我便画上两笔，几天就完成了。

那是一只猛禽，头部是鹞，一半身子掩藏在黑暗中，似乎想要从蛋壳中挣扎出来。整幅画的背景是蓝色的天空。仔细看去，越来越像梦中出现的那枚五彩斑斓的徽章。

即便知道德米安的地址，我也不会给他写信。但我却有股冲动，想要把这幅画寄给他，不论他能否收得到。我什么信息都没留，也没写名字。我小心翼翼地切齐边缘，将它装在信封中，然后寄给了德米安。

接下来有一场考试，我需要努力复习功课了。我突然洗心革面，也获得了老师们的原谅。尽管成绩并没有名列前茅，但其他同学都再没提及半年前我差点被开除这件事。

父亲的信中也不再满篇责骂或威胁。但我却不打算向他或其他任何人解释我内心的转变。其实也就是我的转变恰好迎合了父母和老师的期望。但这种转变并没有拉近我与其他人的距离，实际上却令我更加孤独。我似乎被引领着靠近德米安，但那十分遥远。我深陷于内心世界而不自知。我对贝阿朵莉丝一见钟情，但那段时间却沉迷于绘画和对德米安的思念中，似乎忘却了她。我找不到人诉说我的梦、我的期望以及内心的转变，况且也无从说起。

鸟儿破壳而出

画中的那只鸟儿正在飞往德米安。有一天，我收到了回复，这完全出乎我的意料。

课间休息时，我偶然发现书本中夹着一个便签，折成了同学间私底下传递的纸条那样。我很惊讶，居然会有人给我传递小纸条。我想这一定是有人跟我开玩笑，我决定不予理会，便又重新将它夹在了书中。上课时，我又翻到了这张纸条。

摆弄了一番后，我随意翻开看了一眼。只是一瞥，我便挪不开眼了。我全身颤抖，连忙读了出来："鸟儿破壳而出，蛋壳即世界。人欲诞生，必先毁灭世界。鸟儿飞向神的怀抱，神之名阿布拉克萨斯。①"

反复读了几遍之后，我陷入了沉思。毫无疑问，这是德米安给我的回复，因为没人知道我那幅画。他抓住了画的内涵并给出了自己的解读。但这些词凑在一起是什么意

---

①心理学家荣格在《向死者的七篇布道文》中提到的神，结合了神性的要素与恶魔的要素，是同时兼有善与恶的神，这是心理学式的灵知主义思想。

思？最闹心的是阿布拉克萨斯是哪个神？我从未听说过，也没在任何书中读到过"神之名阿布拉克萨斯"。

那堂课直到结束，我也没听进去一个字，整个早上都心不在焉。给我们上课的是助教佛伦斯，他刚从大学毕业，年轻而谦逊，因此我们都很喜欢他。

当时，他指导我们读希罗多德，这是为数不多令我感兴趣的课程。但今天，即使他的课也令我提不起兴趣。我机械地翻着书，却听不进去他讲的什么，整节课都在沉思。此外，我确信德米安在坚信礼课上说的那句话："只要意志坚定，一定能成功。"如果我在课上陷入深思，便不担心老师会提问我。但如果走神或无精打采，老师定会突然出现在我身旁。这样的情况我已经经历过。但如果我全神贯注地想一个问题，我便不会被外界干扰。我尝试过盯着一个人看，发现确实有效。而德米安在身旁时，我从未成功。但现在，我觉得锐利的目光和思想可发挥不可思议的作用。

我在课上走神了。突然间，老师的声音就像闪电一样击中了我，我一下回过神来，担心老师发现我走神。他就站在我身边，我甚至以为他刚才喊了我的名字。发现他没注意到我后，我长舒了一口气。

然后，我听到他继续讲课，讲到了"阿布拉克萨斯"。

他似乎已经讲了不少，我错过了开头部分。佛伦斯老师继续说道："我们不能从理性主义的角度，将那些神秘教派和社团的理念视为幼稚。在古代，并没有科学一说，但哲学和神秘学却十分发达，并在一定程度上衍生出了巫术，这可能通常被用于行骗和犯罪，但巫术在早期却仍属于高贵的哲学范畴。就拿我刚才提及的阿布拉克萨斯来说，它似乎衍生自在古希腊咒语，当时古希腊人将其视为巫术之神，而如今也有原始部落坚信这一点。但阿布拉克萨斯却有更加深远的意义，它是结合了神性要素与魔性要素的神。"

博学的佛伦斯老师热情洋溢地讲着这些，但其他人却都心不在焉。等他讲完阿布拉克萨斯后，我又再次陷入沉思。

我脑海中一直回响着"结合了神性要素与魔性要素"，令我印象深刻。这似乎与德米安的观点类似。我们最后一次见面，便提及我们信仰的上帝刻意将世界分为两半，并劝说我们生活在受规则限制的光明世界，但我们可以崇拜整个世界。这意味着，我们或者信仰一个结合了神性与魔性要素的神，或者在信仰上帝的同时，也信仰魔鬼。阿布拉克萨斯便是一个兼有善与恶的神。

在那段时间里，我急切地想要弄明白这一点，但一无所获。我甚至翻遍了图书馆，却没有发现任一本书提到过阿布拉克萨斯。其实，我并非一定要找到答案，况且知道得多了也意味着负担。

至于曾占据我内心的贝阿朵莉丝，我对她的感情逐渐消退，正渐行渐远，变得虚幻而苍白。她再也无法满足我心灵的追求。

我封锁了内心，像个梦游者一样。我的心灵似乎又开始了新一轮成长，渴望美好的生活，或者可以说渴望爱。前段时间因贝阿朵莉丝而升华到精神层面的性意识，渴望着新的对象，但无法得到满足；同时再也无法欺骗这种渴望，我希望像周围的伙伴那样追求女生。我又做梦了，实际上更多的是白日梦。在我心中，逐渐激起了各种意象和渴望，将我与外部世界隔离开来，而沉浸于内心世界，其中的意象、梦境和幻影比真实世界更加丰富。

我反复做一个梦，或者可以称为幻觉。对我来说，这是一个最重要、影响最深远的梦：我回到了家中，大门上方的徽章上，金色的鸟在蓝色的背景下闪闪发光。我的母亲从屋内走来，但正在我打算拥抱她时，她突然变了样子，变得又高又壮，就像德米安和我曾画的贝阿朵莉丝一样。但仍有些不同，梦中的人是完全女性化的形象。她将我拉到身前，给了我一个深深的拥抱。我既感到狂喜又有些惊惧，拥抱仿佛是崇拜，又仿佛是渎神。这个形象融合了我的母亲和朋友的形象。与之相拥颠覆了敬畏，却让我极度欢愉。从梦中醒来，我有时会无比狂喜，但有时却会极度恐慌，就像是犯下了什么可怕的罪行一样，良心遭受拷打。

不知不觉间，通过对那个神的找寻，梦中的形象与外界的暗示联系了起来。随着这种联系越来越密切，我开始觉得，我在梦中见到的是阿布拉克萨斯。善与恶、男与女、圣洁与邪恶彼此交织，纯洁中包含着深深的罪孽，这便是我梦中的形象，也是阿布拉克萨斯。爱退化成了肉欲，它在产生的那一刻令我十分惊恐，而不再是我对贝阿朵莉丝的爱慕。

这个形象兼具善与恶，但似乎又有所超脱，是天使与撒旦、男人与女人、人与野兽、至善与至恶的结合体。我似乎注定过着这种生活，这似乎是注定的命运。我对这样的生活既渴望又恐惧。它永远存在，始终凌驾于我。

下一年春天，我便从预科学校毕业，然后继续读大学。但我还没确定去哪个大学，学哪个专业。我的嘴角稀稀落落地长出了胡子，现在已长成了男人。但我却仍然十分茫然，人生也没有目标。而我只确定一件事，那就是遵从内心的声音，追寻梦中的意象。

我觉得应该遵从内心，但很难实现这一点。每天，我都在与那个声音做斗争。我时常想，自己或许是疯了，或许与其他人并不一样。但是，别人能做的事我也能做。稍加努力，我便能读懂柏拉图①，也能解决三角函数问题或完成化学分析。只有一件事我做不到，那就是放弃内心的秘密目标，像其他同学一样确定一个明确的目标，比如以后成为教授、律师、医生或艺术家，不论花费多少努力，遇到多少困难，始终坚定目标。我做不到，或许我会成为类似的人，但谁能保证呢？或许，我会一路摸索，多年后一事无成；或许，我会实现那个目标，但陷入邪恶、危险与恐惧之中，谁知道呢？

我仅仅是想要活出自我。可为什么却那么难？

---

①古希腊哲学家，与其老师苏格拉底和学生亚里士多德并称为希腊三贤。

我曾多次试图画出梦中那让我爱恋的形象，但从未成功。

如果画出来，我一定会寄给德米安，虽然我不知道他现在身在何处，但我知道，冥冥中我们之间仍存在联系。何时我们会再见面？

往事随风，我对贝阿朵莉丝的爱慕早已消退。那段时日，我感觉自己找到了一个心灵的归宿，一个风平浪静的港湾。但一如既往，每当我习惯现状时，每当梦境给我希望时，一切都会轰然倒塌。怨天尤人，只是徒劳。现在我处于急切的渴望中，这种渴望时常让我抓狂。在梦中，我常能够清晰地看到我的所爱，我会向她倾诉、在她面前哭泣，甚至也会咒骂她。我喊她妈妈，跪在她身前泪流不止；我喊她我的挚爱，期望她能够给我一个吻；我还喊她魔鬼、妓女、吸血鬼、谋杀犯。她诱导我做着情爱之梦，诱导我行无耻之事。在她眼中，没有好坏，也没有善良与邪恶之分。

那年冬季，我的内心从未有一刻安宁，纷乱的思绪难以言表。我早已习惯了孤独，我不再因此而感到抑郁。德米安、徽章上的那只鹞以及我梦中的形象都是我的命运，是我之所爱。所有这些均引导我接近阿布拉克萨斯。但我却无法掌控这些梦境和思想，甚至无法遵从自己的意愿，反而为它们所控制。

然而，我却一直在对抗外部世界。我不害怕任何人，同学们都知道，他们私下里都很尊重我，这令我很满意。愿意的话，我能够看穿他们的内心，偶尔会吓到他们。只不过我很少尝试，实际上我几乎从未做过。我一般都只沉浸在内心世界中。我急切希望真真正正地活一次，融入这个世界，不论融洽与否，不论是否会引发冲突。有几次，我在深夜里沿着街道奔跑，内心的焦躁不安让我一直跑到深夜。我会幻想遇到我所爱的人，她或许就会出现在下个街角，或者从某个窗户后喊我的名字。而其他大部分时间，我都痛苦不堪，甚至想要自杀。

那时，我偶然发现了一个奇怪的避难所，但其实并不存在什么意外。如果你近乎绝望地想要什么，并最终得到了，那么这便不能称为偶然，而是内心的渴望带来的必然。

有那么两三次，我漫步到郊外，听到教堂中传出了风琴音乐，但我没有停下细细聆听。而下次经过时，我又听到了音乐声，那是巴赫的曲子。我走近后发现，大门是锁着的。街道上什么人都没有，我便坐在一块路缘石上，敞开大衣领,然后侧耳倾听。那并非大风琴,但音色却十分美妙。琴音中传达出某种奇怪的意味,透着不屈不挠的个性,像是在祈祷。我觉得演奏者一定发现了音乐中隐藏的宝藏,而他正试图打开宝库大门,取得这份宝藏。我并没有专业系统地学过音乐,但从童年之后,我便有一种直觉,我能够听懂音乐想要表达什么。

演奏者又弹奏了几段近代的曲目,应该是马克斯·雷格①的作品。教堂里近乎一片漆黑,仅有几缕阳光从我身后的窗户照进教堂。我一直那么坐着,直到音乐停止,然后起身来来回回踱着步子。终于,我看到演奏者离开了教堂。他看起来很年轻,但仍比我大,双肩宽阔,稍微有些矮胖。他很快走远了,步伐中透着不情愿。

从那天开始,我便时常在傍晚时分,到教堂外面坐着,或来回踱步。有一次,我发现门是开着的,便走进去在长椅上坐了会,可能有半个小时,尽管冻得瑟瑟发抖,但听着音乐,我仍然十分高兴。他在舞台上弹奏,我能够

---

①德国作曲家(1873-1916),其创作注重技巧的追求,音乐素材多数来源于经典的德国巴洛克音乐。

从音乐中判断出他的个性，他所弹的每一小节似乎都存在某种联系。他的弹奏饱含信仰，同时透着屈服与奉献。他的虔诚并非像信徒和神父那样，而更像中世纪的朝圣者和托钵僧；他全身心屈服于一种通感，凌驾于一切忏悔。他还会演奏巴赫前的作品，甚至包括古意大利曲子。所有这些音乐都在诉说着一件事，透露着他的渴望，他渴望向世界赎罪，渴望脱离世界，渴望聆听自己阴暗的灵魂，渴望屈服并拥抱神秘。

　　有一次，看到他离开后，我悄悄跟在身后。我发现他走进了一家小酒馆，我也没忍住跟了进去，那次，我终于看清了他的面目。他戴着一顶乌毡帽，坐在角落里。他的面前放着一杯酒。他的面貌和我预想中一样，丑陋、不修边幅，且透着固执、反复无常和坚定的神色，但嘴角却还留有一丝稚气。他的男子气概全部集中在双眼和额头，而其余部位却显得柔和而天真，甚至有些温柔。这些部位体现出的优柔寡断和稚气与其双眼和额头处表现出的坚毅形成了鲜明的对比，而我喜欢他那深棕色的双眼，散发着自尊，但也充满敌意。

　　我径直坐到他对面，不发一言。酒馆中只有我们两人，他抬头看了我一眼，似乎想要示意我一边去。但我坐着没动,直直地盯着他,最后他嘟囔了一句:"你盯着我看什么?你想要什么?"

"哦,我什么都不想要。"我回答道,"你已经给我很多了。"

他皱了皱眉眉。

"这么说来,你喜欢音乐?但我觉得你这样的人很恶心。"

但我并没有退缩。

"我经常听你演奏,就在教堂那。"我说,"我并不想麻烦你,只是觉得你的音乐中有一些特别的东西,我不确定那是什么。但你不必理会我,让我在旁边听你演奏就行。"

"我一般都会锁上门。"

"有一次,或许你忘了,我便进去听了。通常我都坐在教堂外边,或路缘石上。"

"是吗?下次你可以进去听,比外面暖和些。但记得敲门,一定要在我中途休息期间大声敲。那么,现在说说你吧。你看起来很年轻,大概还是个学生。你也会弹奏?"

"不会,我只是喜欢听音乐,你弹的那种,无拘无束的音乐,能让人触碰到天堂和地狱。我喜欢那种音乐,因为它无关道德。其他任何事物都受道德约束,所以我想要寻找一些道德之外的东西。道德总是令我难以忍受，没法说得很明白。你知不知道世上有一个亦正亦邪的神？曾经有一个这样的神，我听说过。"

他朝后推了推毡帽，捋了捋盖住额头的头发，然后凝视着我，并朝前倾了倾身子。

他有些期待地问："那个神叫什么名字？"

"我并不十分了解，只知道他的名字叫阿布拉克萨斯。"

他小心翼翼地环视一周，仿佛担心有人偷听，然后凑到我耳边低声说："我也听过。但你是谁？"

"预科学校的学生呀。"

"那你怎么会听过阿布拉克萨斯？"

"偶然听到的。"

他突然拍了下桌子，酒杯中的酒洒了一些出来。"偶然！胡说八道，小子！偶然才不会听到阿布拉克萨斯，听好了，我来告诉你一些东西。"

他默默地向后移了移椅子，而我以期待的眼神看着他，但他却冲我做了个鬼脸。

"这次先不说，等下次吧。来，拿着。"

他从外套口袋里掏出几个烤栗子，扔给了我。

我接过来吃了起来,感到很满足。

"那么,"一会他笑声问道,"你从哪听到的?"

我丝毫没有犹豫,将我的故事跟他说了。

"有一段时间,我孤独又绝望。然后我想起一个朋友,他懂得比较多。于是我画了一幅画,关于一只鸟破壳而出,然后寄给了他。不久之后,我收到了一张小纸条,上面写着:鸟儿破壳而出,蛋壳即世界。人欲诞生,必先毁灭世界。鸟儿飞向神的怀抱,神之名阿布拉克萨斯。"

他沉默了一会。我们只是吃着栗子,喝着酒。

"再来一杯?"他问我。

"不了,谢谢。我不喜欢喝酒。"

他笑了笑,透着些许失望。

"随你。我再来一杯。我还会再坐一会,你要是想走就先走吧。"

下一次,我在他弹完琴后,跟上去一起走,他的话不多。他将我领到了一条小巷中,穿过一所老房子,来到一间阴暗凌乱的房间。房间很大,除了一架钢琴,没有任何东西能证明他是一名演奏家,反而那大大的书架和书桌给房间平添了一抹学术气息。

"你的书真多呀!"我惊叹道。

"一部分是我父亲的,这是我父亲的房屋。对了,年轻人,我和父母住在一起,但恐怕没法跟你介绍。他们其实也不待见我,认为我是一匹害群之马。我父亲是一个令人尊敬的神父和传教士。而我,曾经是令他骄傲的儿子,但误入歧途,甚至可以说变成了个疯子。我曾是神学专业的学生,但在参加毕业考试前,我退学了。其实,也并没有完全放弃,我私下里还是会做些研究,因为我想知道人们虚构的神到底是什么样子。另外,我现在还经常演奏音乐,看样子,我会去某个地方当一个风琴手。最终,我想我还会回到教堂工作。"

借着桌上的灯发出的微弱光线,我打量着那一排排的书,涵盖拉丁语、希腊语和希伯来语。我转头看他时,他已经坐在了地板上,不知在弄些什么。

"过来,"他喊道,"现在我们来进行一场哲学思考。其实就是闭上嘴,趴在地上冥想。"

他擦着一根火柴,并用一张纸引燃了壁炉,火焰冒起很高,他就趴在壁炉前,拨弄着,并小心翼翼地添柴。我在他旁边破旧的地毯上趴了下来。我们就这样趴了一个多小时,盯着壁炉,看火焰浮沉,最终暗淡下去,化成灰烬。

"对火的崇拜绝不是人类历史上最愚蠢的事。"其间他咕哝了这么一句,除此之外,我们两人什么都没说。我呆呆地盯着火焰,又陷入了梦境之中,在烟雾与灰烬中看到了各种意象,我不由得心中一惊。他朝余烬中扔了一小块松脂,燃起了一小缕火焰,这又让我想起了黄色的鹞头。松脂渐渐烧尽,红的、金的火苗越来越小,似乎构成了一个个字母、一张张记忆中的面庞、动物、树木、昆虫及蛇。我从意象中清醒过来后,发现他双手撑住下巴,出神地盯着灰烬。

"我该回去了。"我小声说道。

"哦,你走吧,再见。"

他没有站起来送我。桌上的灯也已经灭了。我摸索着走出漆黑的房间,最终走出了这栋老房子。临走前,我回头看了一眼,发现每扇窗户都黑乎乎的,只有大门上的铜牌在路灯下微微闪烁。上面有字,我读道:"神父皮斯托留斯。"

直至吃完晚饭,回到我的房间中,我才意识到他没向我介绍阿布拉克萨斯或皮斯托留斯,实际上我们的对话总共没超过十句。但这次拜访却令我十分满足,因为他承诺下次将弹奏布克斯泰胡德的帕萨卡里亚舞曲①。

尽管没有意识到,但当我们趴在壁炉前冥思时,他已经给我上了一课。盯着火光让我精神振奋,让我确定了一些早已有苗头却未发展起来的兴趣。我渐渐地能够理解了。

尽管我小时候也喜欢观察大自然中的奇异现象,时常为它们的神秘与魔力所着迷,比如盘根错节的树根、五颜六色的岩脉、水面上的油花以及阳光下玻璃杯的裂纹,所有这些一度令我着迷。还有水、火、烟、云、尘土,但最令我着迷的是那神奇的色块,闭上眼后仍能够转上很久。那次拜访之后,我记起了所有,它们给我带来了力量与欢乐,也增强了我的自我意识。这些都得益于那次经历,盯着火光让我舒畅又受益匪浅。

在通向人生目标的路上,这一经历也对我产生了巨大的帮助。观察并沉醉于奇异的自然现象,让我产生了内心和谐。我们很快会被自己的情绪所掌控,然后发现与自然之间的界限逐渐颤抖、消散。我们会时常陷入一种心境

---

①一种慢速庄严的古代意大利和西班牙舞曲。

中,无法确定我们所看到的意象来自外界还是来自内心。除了凝视火焰,我们都无法轻易察觉自身的创造性以及我们的灵魂本质。我们和自然不可分割,如果外部世界毁灭,我们任何一个人都能够进行重建,因为那些高山、溪流、树木、花草等自然形态早已烙印在我们的心灵深处,成为永恒。虽然我们不了解永恒的本质,但我们可以通过爱与创造来感知永恒。

直到多年后,我读列奥纳多·达·芬奇时才确定了这一点,他在书中描述说"观察一堵无数人唾弃的墙是一件相当有趣的事"。我想,当他站在那沾满唾液的墙前时,他的感受一定如同我和皮斯托留斯趴在壁炉前所产生的感受一样。

下一次见面时,皮斯托留斯告诉我:"我们对个性的界定显得太狭隘。通常,我们只把个人特质或偏离标准的特质视为个性。但是我们由一切元素构成,而我们构成世界。我们的进化史可以追溯到鱼或更久远,因此我们的灵魂中包含所有生命的痕迹。神与魔,不论在希腊、中国还是祖鲁神话中,都隐藏在我们的内心深处,并表现为潜力、希望和选择。如果人类灭亡,全世界只剩下一个没接受过教育的普通孩子,那么他也会自己发现整个进化过程,并再次创造一切,包括神与魔、天堂、诫命、《旧约》以及《新约》。"

"这样说来,"我问道,"那个人的价值又在哪里?要是我们内心深处包含着一切,那为什么我们还要努力奋斗?"

"停!"皮斯托留斯喊道,"存在是存在,但我们能不能意识到又是另外一回事。一个疯子能像柏拉图那样说出有哲理的话,或者一个虔诚的神学院学生的想法可能与诺斯替教派①或琐罗亚斯德②的学说类似。但他们却意识不到,而在没产生意识前,他只是一棵树或一块石头,至多是一只动物。一旦产生自我意识,那么他便可以称为人。你不能仅以直立行走或胎生来判断对象是否为人!很显然,有很多人仍然如鱼、如虫、如羊,甚至很多仍然像蚂蚁、蜜蜂一样!尽管他们均有机会成为人,但只有意识到,甚至学着让自己意识到这种可能性,才能变可能为实际。"

我们那次基本就谈了这些,他基本没向我传达什么陌生或令我震撼的信息。但即使是最普通的内容,都不断叩

---

①诺斯替教派是公元1世纪至3世纪流行于地中海东部沿岸的神秘主义教派,他们认为物质和肉体都是罪恶的。

②古代波斯国国教拜火教之祖。

击我的内心，帮我找到自我，逐渐打破蛋壳，每一次我都可以将头再抬高一点，而变得更加自由。那只鸟完全挣脱了束缚它的壳。

我还向他讲述了我的梦境，他懂得如何解梦。记得有一次，我梦见自己会飞，其实更像是被弹射向了空中，而无法控制。飞行的感觉令我兴奋，但随着越升越高，我变得越来越无力，兴奋很快变成了恐惧。在那一刻，我发现，我可以通过呼吸来控制飞行。

皮斯托留斯解梦说："让你飞起来的动力是掌控力，我们人人都有，它是一种掌控力量的感觉，但人很快就会恐惧这种感觉。因为，它非常危险！于是，大多数人放弃了翅膀，而宁愿在地面行走。但你不同，你渴望飞行！你发现自己逐渐可以控制飞行，除了令你上升的基本力量外，你甚至可以再加一点力，借助呼吸来控制。这简直太不可思议了！如果没有这个力，你会被越抛越高，而无能为力，其实疯子一般就是这样变疯的。他们承受更多的力，但无法控制，只能不由自主地越偏越远。但是，辛克莱，你不一样，你能控制。你可能自己不了解，你有一种机制，你可以通过呼吸来控制。这样你应该可以发现，你内心深处并没有多少'个性'。这种机制并非你自创，它早就存在了！你只是在借用，它已经存在了数千年。鱼鳔，鱼用来掌控平衡。实际上，现在仍然有一些古老的品种，它们将鱼鳔当作肺来用，可以发挥呼吸功能。也就是说，就像你在梦中用到的器官一样。"

他甚至翻出了一本生物书，向我解释那些鱼的名称，并给我看插图。这些令我发抖，我感觉某种早期的冲动仍然隐藏在我的内心深处。

雅各与天使摔跤

关于从古怪的风琴手皮斯托留斯那获知的阿布拉克萨斯的信息，实在是一言难尽。最重要的一点是，这让我朝着自我又迈出了一大步。那时，我只有十八岁，有些叛逆，又有些早熟，但实际上又极度不成熟，茫然无措。与同龄人相比，我显得比较自负，但通常也会十分沮丧。我常常认为自己是个天才，同时也是个疯子。我与同龄人格格不入，这让我十分担忧，对此我十分无助，认为自己被生活隔离了。

尽管皮斯托留斯自己十分古怪，但他要我保持勇气和自尊。他通常能从我说的话、做过的梦、幻想以及想法中发现有价值的东西，从不轻视它们。他总是认真思考，因此我将他当作我的榜样。

"你曾经说过，"他说，"你喜欢音乐，因为音乐无关道德。我也这样认为，但你不一定非要成为道德主义者，也不必与他人对比。如果你天生是个蝙蝠，那么你就不必像鸵鸟一样。你有时候觉得自己很古怪，并因为与他人格格不入而担忧，你要抛弃这个想法。你只需要凝视火焰、云朵，聆听内心的声音，遵从那个声音，不要去想它是否迎合老师、父亲或某个神的思想。瞻前顾后只会毁了你，会让你泯然众人。辛克莱，我们的神是阿布拉克萨斯，它亦正亦邪，既给我们光明，也会带来黑暗。阿布拉克萨斯不会反驳你的任何想法，也不会打破任何梦境。你一定要记住这一点。但当有一天你变得平庸，那么我们的神便会离开你，而选择他人。"

那个关于爱的黑暗之梦总是时不时出现。我一遍遍梦到自己走到家门前，想要拥抱母亲，但发现她变成了一个中性的形象，虽然令我恐惧，却极度吸引着我。我从未向皮斯托留斯坦白这个梦，而将之掩藏在心底，成为我自己的秘密。

每次心情不佳时，我都会让皮斯托留斯弹奏帕萨卡里亚舞曲，而我便会坐在昏暗的教堂里，沉醉于音乐中，仿若在倾听自己的内心。这个曲子每次都能够治愈我，并让我越来越关注内心的声音。

有时他演奏完曲目后，我们会坐在教堂中，看着夕阳余晖透过拱形窗户透进来，直至完全消失。

"可能听起来有些奇怪，"皮斯托留斯说，"我曾是神学系学生，差一点就成为一名神父。但那是一个错误，我当时的目标是成为神父。在知道阿布拉克萨斯前，我过早皈依于耶和华的门下。哦,其实每种宗教都很美妙。宗教关乎灵魂,不论是基督教还是伊斯兰教,都能使人的灵魂得到升华。"

"但这样说来,"我打断他说,"事实上你应该会成为一名神父的。"

"不,辛克莱。那是欺骗自己。我们的宗教其实是其他什么东西,完全徒劳无益。最坏的情况就是,我宁愿成为天主教的神父,而非新教神父。我认识几个真正的信徒,他们热衷于咬文嚼字,那么我会跟他们说,基督对我来说并不是人,而是个英雄、虚构的形象,是人性在墙上的永恒的投影。但其他人呢?他们来教堂只为了听几句劝诫,为了履行一种义务,为了自己心安,我能跟他们说什么?转化他们?你是不是这个意思?但我完全没兴趣做这些。神父的任务并非劝人皈依,而只在信众之间,作为载体传递信仰。"

他停顿了一会,然后接着说:"嗨,阿布拉克萨斯最适合我们,但现在却不成熟,还没有插上翅膀。孤独的宗教不成宗教,我们需要发展教徒,确定仪式和节日……"

他陷入沉思,迷失了自我。

"能不能自己或仅针对一小撮人举行神秘的仪式?"我

迟疑地问道。

"可以，"他点头道，"我一直以来都自己举行仪式。如果被人发现，那么我很可能会被抓进监狱待上几年。当然，我知道那不对。"

突然间，他拍了我一下，我吓了一大跳。"嘿，"他热情地说，"你也举行过神秘仪式吧。我知道，你一定有些梦没告诉我。我也不是非得知道不可，只是想告诉你，维持那些梦，沉入其中，建造相应的祭坛吧。尽管这并非完美的解决方式，但至少方向是正确的。至于依靠你我或其他几个人能否改变世界，谁说得准呢。但我们自己必须每日改变，不然目标一定不会实现。一定要记住这一点！你已经十八岁了，辛克莱，但你从未召妓。你必定做过关于爱的梦，你心中必然也有欲望。或许因为你心有所惧，不必恐惧，这些梦是你最宝贵的财富。相信我。我在你这么大时，就违背了这样的梦，因而失去了很多东西。你一定不要放弃这些梦。当你了解阿布拉克萨斯，你就不会再恐惧了，也不会再抑制心灵的渴望。"

这番话令我震惊，我反驳道："但你也不能随心所欲呀！你也不能因为讨厌某个人就拿刀把他杀了呀！"

他朝我身边靠了靠。

"在某些情况下,确实可以。当然在大多数情况下都是犯罪。我并不是说你想做什么就做什么,不是那样,我的意思是,那些有重大意义的想法,你不要随意驱除或加以抑制。我们不必将自己或他人钉在十字架上,而边喝酒边考虑献祭的神秘。即使不这样,你也可以尊重自己的冲动和诱惑。随后,它们会显露出内在的含义,当然它们都有特定的含义。要是你下次产生一些疯狂或罪恶的想法,或者你想要杀死某人或想对他施暴,你要想一想,辛克莱,那是阿布拉克萨斯在影响你!你想要杀死的人当然并非本人,而只是个化身。如果你讨厌某人,你所讨厌的东西其实你本身也有,因为我们不会讨厌毫不相关的东西。"

他的这番话对我触动最深,我竟无言以对;但最令我惊讶的是,他所说的居然与德米安的想法不谋而合。德米安,我们已经中断联系好多年了。他们彼此并未见过面,但思想却那么一致。

"我们所看到的,"皮斯托留斯继续说道,"都是心中所想;其实,心外无物。这也是为什么大多数人都过得不真实。他们只是将心外的意象视为真实,而压抑自己的内心世界。这样想,其实也挺幸福。但一旦深入内心,你便不会再走常人的老路。辛克莱,普通人的道路十分轻松,但我们的却异常艰难。"

之后几天，我去了教堂两次，但都没等到他。有一天夜里，我碰到了他，他喝得烂醉，跟跟跄跄地像是被寒风吹着走。我没有喊他，而他就这么从我身边走过，没有发现我。他迷醉的双眼径直看向前方，就像是受到了某种未知的召唤。我跟在他身后，直至街道尽头。他就像被一根看不见的绳索牵着朝前走，狂热地迈步朝前，就像一个幽灵。我觉得有些伤心，便转身回家，继续做着未找到出路的梦。

我突然发现，他原来是这样来完善自己的内心世界的！同时，我又觉得这是一种低级的道德标准。对于他的梦，我了解多少？相比我的梦来说，或许他醉醺醺的步伐实际上更加坚定。

我早已注意到，在课间休息期间，有一个同学一直在注意我，而我之前从未关注过他。他个子不高，看起来很瘦弱，长着一头稀稀落落的红棕色头发，但他的眼神和行为却透着一丝与众不同。一天放学回家，我发现他早已在一条小巷中等我。我走过之后，他紧跟了上来。我停下脚步后，他也停下了。

"你跟着我做什么？"我问他。

"我想跟你谈一谈,"他有些羞怯地道,"一起走一走就行。"

我让他在前面领路,他看起来十分兴奋,双手都在颤抖,似乎又满怀期待。

"你是一个巫师吗?"他突然问道。

"不是,诺尔。"我笑道,"怎么可能。你为什么会觉得我是巫师呢?"

"那么你一定可以通神?"

"也不对。"

"你别忙着否认!我能感觉到你很特别,看你的双眼就能确定你可以与幽灵沟通。我并不是好奇才问的,辛克莱。我自己也在寻找自我,我太孤独了。"

"说说看,"我鼓励他继续说,"关于幽灵我了解得也不多。我只是活在梦里,就像你感觉的那样。其他人也都活在梦里,但并非自己的梦。区别就在于此。"

"是的,或许这就是事实,"他小声说道,"什么样的梦都无关紧要。对了,你听过白魔法吗?"

我摇头说没有。

"就是那种可以自我控制,让人长生不老并能够蛊惑别人的魔法。难道你从没练过?"

我问他怎样"练",他变得吞吞吐吐,直到我作势欲走,他才向我坦白。

"就比如,当我想要睡觉或想要集中精力做某件事时,我就会想某个东西,一个词、一个名字或一个几何形状。然后我会竭力将它拉入内心。我竭尽全力幻想,直到感觉它进入我的脑海。再然后,我想象着它转移到喉咙,继续转移,直至将我填满。最后,我会觉得自己变成了石头,任何事情都无法让我分心。"

我对他所说的有了一个模糊的概念,但我觉得他还有其他麻烦,因为他表现得过于激动不安。我尽量缓和气氛,很快,他告诉了我他真正的担忧。

"你也在克制,是不是?"他有些难以开口。

"你指的是什么,性冲动?"

"是的。从我开始练习魔法,已经克制了两年。在那之前,我很堕落,你知道我说的是什么。你没睡过女人是吧?"

"没有,"我告诉他,"我还没遇到适当的人。"

"但如果你遇到了,你会跟她睡觉吗?"

"自然会,只要她不拒绝。"我嘲弄地说道。

"不行,那样不对!你只有完全节欲,才会内心强大。我已经节欲两年了,准确地说,两年零一个多月了!实在太难了!有时我想我再也坚持不下去了。"

"听着,诺尔,节欲并非那么重要。"

"我懂,"他反驳道,"其他人也这么说,但我没想到你也这样说。如果人想要升华,必须保证精神纯洁。"

"好吧,纯洁!但我不明白,节欲就能让一个人比其他人纯洁吗?或者说,你能将性欲完全从梦境和思想中排除吗?"

他看着我,陷入了绝望。

"不是的!哦,天哪,但我必须这样。我晚上会做一些难以启齿的梦,受不了了!"

我想起了皮斯托留斯给我说的话。虽然我觉得他说得有道理,但我却不能告诉诺尔。那不是我自己的经历,我也不能提出什么建议,同时我也没按他说的做。我沉默不语,感到有些羞辱,因为别人有需要时,我却给不了什么建议。

"我什么方法都试过!"诺尔苦恼道,"能想到的我都试过。浇冷水、钻雪、运动、跑步,但都不管用。我每晚都会做令人难以启齿的梦,而最可怕的是,我之前取得的精神升华在逐渐消退。我再也无法保持专注,甚至都无法入睡。我经常整夜合不上眼，绝不能再这样下去了。要是我没能克制住，最终屈服了，再度丧失纯洁，那么我会变得比之前更加邪恶。你认为呢？"

我发现竟无言以对，只得点点头。我开始觉得无聊，同时让我震惊的是，我对他这么明显的需求和绝望竟毫无感觉。我当时只有一个想法，那就是我帮不上忙。

"你也没有办法？"他悲伤地问道，"一点没有？一定会有办法的。你是怎样做到的？"

"我真没有办法，诺尔。我无法帮助别人，别人也帮助不了我。你需要自己寻找出路，你必须顺应自己的内心，除此之外没有其他方法。"

他沮丧地看着我，突然陷入了沉默。他的眼神中透着怨恨，大声尖叫："啊！你装什么圣人！你自己那么堕落，别以为我不知道。你表面装得那么纯洁，但私下里还不是和我们一样肮脏！你就是一头猪，猪！所有人都是猪！"

我转身便走，不再理他。他跟上了两三步，然后转身跑开了。我对他是既怜悯又厌恶，直到我回到房间里，看着自己的那几幅画作、陷入梦境后才挥去了这种感觉。我又梦到了家门口的徽章，梦到了母亲和另一个奇怪的女人，这次我清楚地看到了她的面孔。夜里醒来后，我试图将她画出来。

　　每次醒来,在似梦非梦的状态下,我会拿出画笔开始作画,几天后,画作终于完成了。我将它挂在了墙上,端着台灯盯着它看,仿佛面对的是我应该驱逐的幽灵。画中的脸与我上一幅画作类似,但这幅有些地方甚至像我自己。其中一只眼明显比另一只更高,目光中透着固执、坚定以及命运的气息。

　　我站在那,内心中生出一股冷意。我审视着这幅画,咒骂它、爱抚它、恳求它。我喊它母亲,叫它妓女、荡妇,又喊它亲爱的、阿布拉克萨斯。我又想起了一些东西,皮斯托留斯还是德米安说的呢?不记得了,但它们却又在我耳边回响,像是雅各与天使摔跤时所说的:"你若不祝福我,我便抓住你不放。"

　　在灯光下,画中的脸不断变化,或明或暗,或眼皮下拉、双眼无神,或双眼圆睁、目光闪烁。开始是一张女人的脸,后又不断变化成男人、女孩、小孩、动物的脸;所有色彩消退,变成一小团,然后膨胀,再次变得清晰起来。最后,我心中产生了一种强烈的冲动,于是我闭上双眼,观察内心的图像,它变得更加强大、更有气势,让我不自觉想要跪下,但它又是我自身的一部分,无法分割,仿佛已经变成了自我。

紧接着,我听到了一声咆哮,仿若春天暴风雨前的雷鸣。我心中产生了一丝恐惧,不禁令我颤抖。我看到星星在闪烁,脑海中再次浮现了一些似乎早已忘却的记忆,甚至追溯至进化的早期阶段。这些记忆不仅再现了我的过去与现在,还映射了未来,将我引入了新的生活方式,这些竟然异常清晰,但后来却记不得了。

半夜醒来,发现自己横躺在床上,衣服也没脱。我起身点上灯,觉得一定发生了什么重要的事,但我却什么都记不起来了。渐渐地,我似乎有了一些模糊的记忆。当我抬头看墙时,发现画没有了,我再转头看,桌子上也没有。我模糊地记得,我把它烧掉了。或者像梦中那样,我将它放在手掌上烧掉了,然后吃下了灰烬?

我突然感到强烈不安,于是我带上帽子,似乎有某种力量迫使我走出门去。穿过一条条街道和小广场,我站在漆黑的教堂前听着、搜寻着,迫切地想看到什么,但心里却没有任何概念。我走过了遍布妓院的街道,有一扇窗子仍然亮着灯。我继续向前走,那是一片新建的房屋,地上堆满了砖块,上面覆盖着灰白的雪。我像梦游一样来到了这儿,我记起来了,我的家乡也有这么一片新建房屋,克罗默曾带我到那里向我要钱。在这个灰暗的夜晚,前方有一栋类似的房屋,黑漆漆的大门召唤着我。我想逃离,却跌跌撞撞穿过门前的沙子和垃圾。召唤的力量越来越强大,它强迫我走进去。

我踩着遍地的木板和砖块走了进去,未干的水泥透着潮气与冰冷。房间中央堆着一堆沙子,呈浅灰色,其他地方黑漆漆一片。突然一个惊骇的声音喊道:"哦,天哪,辛克莱,你怎么来了?"

一个身影从旁边站了起来,个子十分瘦小,就像个幽灵。我先是吓了一大跳,然后仔细辨认发现,那是诺尔。

"你怎么会来这?"他激动地问道,"你怎么找到我的?"

我不明白他在说什么。

"我没有找你。"我嘴唇僵硬,吃力地回答道。

他盯着我。

"不是在找我?"

"不是。一股神秘的力量驱使我来到这里。是你在召唤我吗?一定是你在召唤我。对了,大晚上的,你在这里做什么?"

他用纤细的胳膊抱住我,浑身颤抖。

"是呀,半夜了。很快就到早上了。你能原谅我吗?"

"原谅你什么?"

"我那次说的话。"

我这才想起了上次的谈话。那仅仅是四五天前的事吧?但对我来说似乎已经过去了一生。我突然意识到了什么。不只是我们之间发生过的事,还包括我为什么会来到这里,诺尔想做什么。

"你是不是要自杀,诺尔?"

他颤抖着说:"嗯,我想自杀。但我不知道有没有这个勇气。我想等到早上看看再说。"

我把他拖出屋外。第一缕阳光已经穿透黎明,透着冰冷和倦怠。

我拉着他的胳膊,对他说:"现在回家去,这件事谁都不要说!你只是走偏了。我们不是猪,而是人。我们创造了神,并与之搏斗,然后让它们祝福我们。"

我们朝回走去,谁也没说话。我回到房间时,天已经全亮了。

那段时日中,我最大的收获便是听皮斯托留斯演奏风琴,或者趴在火堆前冥想。我们一同研究涉及阿布拉克萨斯的希腊文章，他还给我读吠陀经①选段，还教我念真言。这些神秘的事物并没有令我内心满足，而令我欣鼓舞的是，我正逐步发现自我，在梦境和思想方面提高了信心，同时对内心的力量有了更深的了解。

我和皮斯托留斯默契十足，只要我心里想他，那么他就一定会来找我，或者寄给我一段留言。就像德米安一样，我可以问他任何问题，即使他不在跟前。我只需要想象他的形象，想象着向他问问题，然后，我便会得到回馈，获得问题的答案。

我想象出的并非皮斯托留斯或德米安，而是我梦到并画出的那个中性的形象。现在，它已经不再局限于我的梦境，也不再仅仅是画中的形象，而是在我的心底扎根，成为自我的一部分。

自从见到诺尔试图自杀那晚起，我们之间产生了一种奇怪的关系，有时候甚至十分滑稽。他每天都跟在我屁股后面，像个忠实的跟班或小狗，试图融入我的生活，盲目地听从我。他每次都问一些惊人的问题，也会提出一些稀

---

① 印度最古老的宗教文献和文学作品的总称。

奇古怪的请求，比如想要见见幽灵、学习神秘哲学。而我每次都明确告诉他我不会，但他却始终都不相信，他认为我一定拥有神奇的魔力。奇怪的是，他每次感到困惑或来问一些愚蠢的问题时，我也恰恰面临一些困惑。他那些稀奇古怪的想法和请求总能给我启发和解决问题的动力。我通常都不耐烦，蛮横地将他赶走。但我感觉有某种力量将他送到我的身边，我给予他的，他会成倍返还给我。他指引我前行，或至少也是个路标。他带给我很多神秘学方面的书，而这些书带给我的帮助远超我当时的想象。

后来，诺尔在我毫无察觉的情况下从我的生命中消失了。我们之间从未产生过密切的关系，而皮斯托留斯不同，我们之间那奇异的经历一直持续至我从寄宿学校毕业。

即使最老实的人，也不可能在一生中什么都不违背。我们每个人总有一天都会偏离父亲和老师限定的道路，且总会感受到孤独，但大多数人都承受不住，而很快浪子回头。我并没有一下子就偏离父母以及他们的"光明世界"，而是一步步、几乎察觉不到地越走越远。对此，我感到非常伤心，每次回家对我来说都是一种煎熬，但还可以承受得住。

然而，对于我们基于自由意志爱慕与尊敬的人，以及内心认同的朋友，如果有一天发现关系突然破裂，我们都会痛苦不堪。那背离的想法会像毒刺一样扎入心中，每一次反抗都在啪啪打脸。自认为善良的人会被打上"不忠不义"的印记，并在恐慌中陷入童年美好的回忆，而无法相信自己的背离。

我渐渐不认同皮斯托留斯作为我的人生导师。我们之间的友谊、他带给我的指导和慰藉以及关怀，在青春期最关键的日子里，给了我巨大的帮助。我通过他与上帝沟通，并且通过他，清楚地解读了我的梦境。他给了我勇气认识自我，但现在我却渐渐开始反抗。他的话中包含了太多说教，我觉得他并不完全了解我。

我们之间从未发生过争吵，也没有要决裂。我仅仅说过一些毫无恶意的话，但恰恰是在那时，我们的关系似乎开始破裂。

这种模糊的预感一度萦绕在我的脑海，而我在一个周日明明确确地感受到了这种预感。那天，我们照常趴在火堆前，他跟我说一些神秘的宗教仪式和形式，以及它们在未来的可能性。我觉得这些都太奇怪，并不那么重要，也没有什么意义，就像是在翻故纸堆。在那一刻，我对他所说的产生了厌恶的情绪。

"皮斯托留斯,"我突然以一种连自己都惊讶的语气说道,"跟我讲讲你的梦吧,你晚上做过的梦。你跟我说的这些都是什么呀,老古董。"

他从未听过我以这种语气说话,一说完,我便意识到不妙,这句话肯定会刺伤他。他一定感觉我在嘲笑他,他时常这样自嘲。

他一下沉默了下来。我恐慌地瞅了他一眼,发现他的脸色变得惨白。

沉默了一会后,他向壁炉中添了几根木柴,然后平静地说:"你说得对,辛克莱,你很聪明。我以后不说那些东西了。"他的语气非常平静,但我明显听出了他的伤心。我都说了些什么呀!

我想要道歉,恳求他的原谅,让他确信我仍然敬爱并深深地感激他。感人的话语就在嘴边,但我却说不出口。我只是呆呆地趴在那,盯着炉火,默默无言,直到火焰渐渐熄灭,在这个过程中,我感到那些美好的事物逐渐破灭、消散。

"我想你可能误解我了。"我最后迫使自己窘迫地说。这些愚蠢、毫无意义的句子机械地从我嘴里蹦出。

"我理解，"他柔声说道，"你是对的。"我没接话。他继续慢慢说道，"每个人都有反驳的权利。"

不，不是的！我内心有一个声音在大喊："我错了！"但我什么都没说。我明白，那几句话恰好戳到了他的软肋。我触及了他自我怀疑的那部分。他的愿望是进行古物研究，他是一名浪漫主义者，想要探寻过去的辉煌。我突然意识到，他向我讲述的恰恰是他自身无法实现的。他指引我走的这条路，最终将把他抛在身后。

真不知道我为什么说出那样的话！我并没有恶意，也没料到后果这么严重。说出那句话时，我甚至都没意识到这会带来恶意。一切都木已成舟。我无意表现出来的恶意，他却当真了。

我宁愿他生气，反驳甚至斥责我！但他没有。我陷入了深深的自责。我想要是他当时还能笑出来的话，他一定会笑，但他却没有，可见我伤他有多深。

他平静地接受了我的鲁莽与忘恩负义。沉默了一会，他说我说得对，进而陷入了自我怀疑。这让我十分悔恨，愈加认识到了自己的轻率。我原以为他会奋起反驳我，谁曾想他竟那么平静地顺从了，毫不反抗。

火堆渐渐熄灭了，但我们却没有起身。火中幻化的每个意象，以及每个火苗都让我想起之前美好的氛围，这也令我愈加愧疚。最后，我再也忍受不住了，于是站起来离开了。我在门口漆黑的楼梯上等了一会，然后又在大门外徘徊了很长一段时间，期望他能跟上来。最后我只得转身离开，那天我心不在焉地穿过了大半个镇子，到达了郊外，并穿过了公园和树林，回去时已经到了傍晚。那天，我第一次感觉我的额头上也有一个该隐的印记。

后来我才明白到底发生了什么。一开始，我一直在自责，一直想要袒护他，但一切却向相反的方向发展。无数次，我感到后悔，想要收回那句鲁莽的话，但一切都已经发生。直到如今，我才完全理解皮斯托留斯，并成功还原了他的梦。他梦想要成为一个神父，宣扬新的宗教，引入新的礼拜方式，并确立新的象征。但他的能力却有所不足，他过多地流连于过去，对过去的东西了若指掌，他知道很多古埃及、古印度、密特拉神①和阿布拉克萨斯的故事。他迷恋于过去，但在其内心深处，却意识到新事物应完全是新的，应产生于新鲜的土壤，而不应该衍生自博物

---

① 雅利安人曾信仰的神，自公元前一世纪在罗马帝国传播。

馆和图书馆。他的作用可能仅仅是引导他人寻找自我，就像引导我一样，但他却无法提供前所未有的启发，也没有能力创造新的神。

想到这，我突然领悟到：每个人都有其自己的"角色"，但无法自主选择，无法做到随心所欲。创造一个新的神是一条错误的道路，而试图为世界增添一些新的元素更是错上加错。开明人士只有一项义务，那就是找到自我、鉴定内心并摸索着前进，而不管前路如何。这一领悟令我震惊莫名，这也是我那段时期所总结的成果。我常幻想未来，想象着自己可能会成为一名诗人、先知或画家。

但这些都徒劳无益。我人生的意义并不是写诗、讲道或绘画，其他人的也不应如此，所有这些应仅被视为爱好。每个人都只有一个使命，那就是寻找自我，无论最终成为诗人还是疯子、先知还是罪犯，都无关紧要。一个人的主要任务就是找到属于自己的命运，并全心全意地沿着命运之路前行。其他一切都是逃避的借口，是泯然众人的退缩、随波逐流，也是心底的恐惧。我心中不断出现新意象，它们可能曾在我面前出现过，但直到现在我才第一次经历。这是一次本性的实验，也是一场结果未知的博弈，它可能会找到新的出路，也可能什么也找不到。我唯一的使命就是任其自由发展，感受它的意志，并完全掌握住。除此之外，别无其他！

我早已感受过孤独，现在我将要忍受更刻骨铭心的孤独，一切都无法避免。

我并没有试图与皮斯托留斯和解，当然，我们表面上仍然是朋友，但亲密的关系不再。这个问题我们只提过一次，实际上只是皮斯托留斯一直在说：

"你知道，我一直想要成为神父，成为我与你所说的阿布拉克萨斯教的神父。但我能力不足，我早已意识到这一点，但始终不愿意承认。所以我以后会做些其他工作，比如风琴手什么的。但我一定不会放弃那些美好、神圣的事物，风琴音乐、神秘仪式、意象和神话。我需要、也不想放弃它们。这就是我的软肋。辛克莱，有时候，我也明白自己不该有这些奢望，因为它们会成为我的软肋。或许，我应该将自己交由命运，但我不能那样做，也做不到。你或许终有一天能够做到。这很难，可能是世界上最难的事情了。我经常幻想自己做到了这一点，但实际上却没有。我无法忍受自己如此赤裸裸，如此孤独。我只是一个卑微的生物，需要温暖和食物，偶尔需要同伴的安慰。一个人一旦走上探寻命运之路，那么他必将独自前行，忍受孤独以及世界的冷漠,就像在客西马尼花园的耶稣。有些殉道者甘愿被钉在十字架上,但这并不意味着他们是英雄,也不意味着他们获得了解脱,即使他们也渴望拥有自己喜爱且熟悉的事物,也有榜样和理想。但追寻自身命运的人既没有榜样、理想,也没有任何慰藉!但这才是真正的人生之路。像你我这样的人都是孤独的,但至少我们还有彼此。我们私底下满足于自己的与众不同、叛逆和非比寻常的欲望。但要想一直坚持走这条路,那么你就必须抛弃这些,不能成为革命者、榜样或殉道者。这几乎无法想象——"

是的,这无法想象,但可以幻想、期望或感知。有几次,我在绝对沉静的状态下似乎感应到了,之后我便凝视自我,正视命运。命运的双眼透着睿智与疯狂,既充满爱意又存在深深的恶意。我无法选择、无法期待,而只能坚持自我,坚持自己的命运。在这方面,皮斯托留斯是我的人生导师。

在那些日子里,我毫无目的地游荡着。我变得暴躁,前路似乎危机重重。抬眼望去,只有那无边的黑暗,我的人生之路便没入了这黑暗中。关于人生导师,我心中有一个影像,很像德米安,在他的双眼中,我能看到自己的命运。

于是，我在纸上写道："我的领路人离开了，我再次陷入无边黑暗。我无法独自前行。请帮帮我。"

我想将这张纸条寄给德米安，但最终放弃了，因为那让我感到很傻、很愚蠢。但我背了下来，并时常提醒自己。我一天到晚都在默念，渐渐地，我明白了。

后来，我毕业了，于是在父亲的安排下，我在大学开学前进行了一次旅行。我不知道自己想要学哪个专业，我的意思是先学一个学期的哲学，其他专业也可以。

艾娃夫人

在假期里，我来到了多年前德米安和他的母亲租住的那个房屋。一位老妇人在花园里漫步，于是我走上前去攀谈，了解到她便是房主。我问她能不能跟我讲讲德米安母子。她居然清楚地记得他们，但不知道他们现在搬去了哪里。或许是感觉到我的好奇，她领我进屋，翻开相册给我看，那儿有一张德米安母亲的照片。记忆中，我对她几乎毫无印象，但看到这张照片，我的心脏似乎都停跳了，那是我梦中的形象！就是她，身材高大、具有阳刚气质，长得很像德米安，同时散发着母性的光辉、严厉以及激情。她美丽迷人、无可匹敌，她是母亲、是魔鬼还是命运与情人。我梦中的形象就是她！

梦中的人居然真实存在，这令我惊喜异常。居然可以长得这么像！居然还是德米安的母亲！她在哪儿？

不久，我便踏上了旅途。那真是一场奇异之旅！我马不停蹄地从一个地方转至另一个地方，心里有一股冲动——找到她。有几天，我甚至觉得每个人都像她，我跟着她们穿过陌生的街道，走过车站，坐上火车，仿佛处于错综复杂的梦境中。随后，我意识到这样做只是徒劳。于是我便坐在公园或旅馆院子中，有时还会去到候车室，审视内心的意象，但它却变得羞涩，难以抓住。那些日子里，我经常彻夜难眠，只有在火车上才能偶尔小憩一下。在苏黎世，有一个漂亮的女人想要接近我，我却目不斜视，当她不存在。我才不会花时间注意其他女人，一个小时都不行。

我感受到了命运的指引，我即将寻到她，但什么都做不了，这让我焦躁异常。有一次，应该是在因斯布鲁克火车站，火车刚开起来，我瞥见了一个人影，很像她，为此我懊悔了好几天。有一天晚上，我又梦到了她，然后在沮丧中醒来。意识到这一切都是徒劳后，我乘坐下一列火车踏上了归途。

数周后，我前往H市大学报到。我发现学校里的一切都令人失望，大多数学生的生活就像哲学史课那样死气沉沉、一成不变。一切都规规矩矩、千篇一律，稚嫩的脸庞上洋溢的笑容显得又假又空虚。但至少还算自由，我可以整日独处，在市郊的一间老房子里安静、祥和地生活。那时，我的书桌上总是摆着几本尼采，我可以感受到他心灵的孤独，以及逼迫他的命运。我感同身受，很高兴还有一个人坚持探寻自己的命运。

后来有一天傍晚，我在城中闲逛。在秋风的吹拂下，我听到学生们在酒吧的嬉闹声。烟雾从窗户中飘出，同时飘出的还有他们的歌声，嘹亮悦耳，但毫无生气。

我站在街角，听着那歌声。夜晚他们都会前往酒吧，进行这种毫无意义的社交，他们在逃避命运，成群结队地抱团取暖。

有两个人缓缓经过，我听到了他们的谈话。

"这简直就是南非村子里的酒馆。"其中一人说道，"甚至还流行文身，哎，这就是年轻的欧洲。"

另一个人的口音很奇怪，而又十分熟悉。我跟在他们身后走进了一条漆黑的巷子。其中一个是日本人，个头矮小但穿着整洁。借助路灯的灯光，我甚至能看到他脸上的笑容。

另一人继续说道：

"我想，你在日本也差不多这样。哪里都有一些独立的人，这儿也有。"

听到这句话，我又惊又喜。我认出来了——那是德米安！我跟着他们穿过秋风扫过的街道，偷听着他们的谈话，贪婪地回味着德米安的声音。他的语气一如既往，坚定而平静，令我折服。一切都很完美，我终于找到他了。

他们在街道尽头的一间房屋前停下了，那个日本人打开房门走了进去。德米安也转身离开，我停下了脚步，站在街道中央，就那么等着他。那个身影身披棕色橡胶雨衣，径直走过来，步伐轻快，我突然变得有些不安。他越走越近，步伐一丝未乱，最后停在了我身前。他摘下帽子，我又见到了他那坚定的嘴角和鲜亮的额头。

"德米安！"我首先出声道。

他伸出手想要与我握手。

"你来了，辛克莱！我一直都在等着你。"

"你知道我在这里？"

"其实不确定，但我希望你来。直到刚才，我才看见你。你在我们身后跟了一路。"

"你一眼就认出我了？"

"当然，你的样子虽然改变了，但那个印记却没变。"

"印记。什么印记？"

"该隐的印记，还记得吗？那是我们的印记。你一直都有，是它让我们成了好朋友，只不过现在越来越清楚了。"

"我之前没意识到，或者实际上早已意识到。我曾画了一幅画，德米安，既像你，又像我自己，这都是因为那

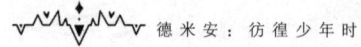

个印记是吗?"

"是的。很高兴在这里见到你。我母亲也会很高兴的。"

我突然有些慌张。

"你母亲?她也在这里?但她不认识我呀。"

"她知道你,即使我不介绍,她都能认出你。我们很久没联系了。"

"我常常想写信给你,但最终都没下笔。我曾预感终究会找到你,我一直在等着这一天呢。"

他挎着我的胳膊,我们肩并肩地走着。他周身散发的沉着气息让我十分镇定。我们很快又像之前那样谈论了起来。我们回忆着之前的学校时光、坚信礼课程,同时也提起了那个假期我们之间并不愉快的见面。然而,我们都没提起克罗默那件事。

突然,我们开始谈论一些神秘的东西。德米安提起了他与那个日本人没讨论完的话题,我们讨论了大部分大学生的生活,但话题越来越偏。不过德米安认为,它们之间存在着明显的关联。他接着谈到了时代特征和欧洲精神。他说,我们在任何地方都能发现群居本能,却没有爱和自由。从联谊会到国家,所有组织都因恐惧和困难而产生,但内部却早已腐朽,接近崩溃。

"其实,真正的联合,"德米安说,"优势十分明显。但遍地开花的组织却并不是一件好事。个体通过思考,可以改变世界。目前,团体精神只是群居本能的外在表现。群居是人们出于恐慌而做出的反应,资本家、工人以及学者都只与同类人抱团。他们为什么恐慌?背离内心的人才恐慌,因为从未坦然面对内心而恐慌。群体中都是内心恐慌的人!他们发觉,他们的生存法则开始无效,他们所遵循的法则变得陈旧不堪,他们的宗教和道德标准都不再适合当下。一百多年来,欧洲一直在建造工厂!他们十分清楚,多少炸药可以杀死一个人,却忘了如何祈祷,甚至无法快乐地享受哪怕一个小时。看看学校周边这些酒吧,还有富人出入的名利场!这太让人绝望了。辛克莱,这样早晚会出问题。内心恐慌的人聚在一起,满怀恶意,又彼此不信任。他们坚守早已过时的理想,但谁要是确定了新理想,他们就会杀死那个人。我感觉冲突在即,就要出现了,相信我,就在不久之后。但这种冲突并不能'改善'世界。工人革命或德国发起对俄战争都仅仅意味着权力的变更。但这也并非全然无用,至少标志着当前理想的破灭,石器时代的神将被赶下神位。当今的世界渴望毁灭,并将成为现实。"

"在冲突中我们会怎样?"

"我们?或许我们会一同毁灭,我们也会被杀死。只是我们不会全部被毁灭,剩余的人,仍然活着的人将来会团结在一起。欧洲多年来一直宣扬的人性意志以及科技将会实现大发展。然后,我们会发现,人性意志与社会、国家、群众、社团和教堂丝毫没有关系。不,自然要素将铭刻在每个人体内,包括你我。铭刻在耶稣体内,也铭刻在尼采体内。这些才是主流趋势,当然,它们每天也都在变化,并在如今的社会结构解体后变得更加明显。"

我们走到河畔花园时,已经很晚了。

"我们现在住在这,"德米安说,"改天来做客吧,我们一直都在等着你。"

我兴高采烈地转身往回走,夜变得冷了些。路上,三三两两的学生喧闹着朝宿舍走去。他们每日欢聚,与我的孤独形成了鲜明的对比,我有时会大加鄙夷,而有时又怅然若失。但今天,我心中却异常平静,似乎产生了某种神秘力量,我不再受他们的影响,他们的世界变得遥远而死寂。

这让我想起了家乡的公务员,一位老绅士,他总是缅怀大学时那些醉醺醺的日子，将之当作天堂的纪念，像个诗人一样缅怀逝去的学生时代，或像浪漫主义者一样流连于童年时光。这在任何地方都一样。人们都在缅怀过去的"自由"和"幸运"，而逃避当下的责任和未来。他们在大学期间只会喝得烂醉，却摇身一变，成了人民公仆。我们的世界早已腐朽不堪，相较于社会的黑暗腐朽，学生这些烂事其实还不算什么。

回到房间准备躺下时，所有这些胡思乱想都已消散，我整个人都期待着去德米安家。只要我愿意，明天就可以见到德米安的母亲了。其他学生愿意醉生梦死、愿意胡闹就随他们去吧，腐朽的世界必将毁灭。我只在乎一件事，以一个新的面貌去迎接命运。

我一觉睡到大天亮，阳光格外灿烂，仿佛童年之后我就再没见过这么灿烂的阳光。我又有些坐立不安，但绝不是恐慌。我觉得我迎来了一个重大的日子，我感觉周围的世界都变了，变得庄严而又有意义，即使秋日的细雨也那么美妙、那么令人安宁，空气中充满着幸福的气息，耳边也仿佛响起了仙乐。我第一次觉得外部世界与我的内心世界实现了完美融合，变得生机勃勃。我不再烦恼，街道两侧的房子、橱窗甚至行人的脸庞都不再如往日那般乏味，一切都显得那么自然，似乎都敬畏地准备迎接命运。我又仿佛回到了童年那般，回到了重大节日的清晨，比如圣诞节和复活节。

我都已经忘了世界居然可以如此美好。我早已习惯活在内心世界中，甚至认为自己已经丧失对外界的感知，那鲜亮的色彩已经随着童年的结束而消逝。从某种意义上来说，这种失去是一个人想要获得自由、实现灵魂成熟所必须付出的代价。但此刻却令我狂喜万分，因为我发现那些美好仅仅是被遮掩了，在心灵获得解放后，我依然可以走入这缤纷的世界，如孩童般享有一切美好。

终于，我沿原路回到了昨夜与德米安告别的那个花园。有一所小房子掩藏在粗壮的树后，明亮而宜居。屋前种着丛丛花朵，透过闪亮的窗户，可以看到屋内墙上挂着油画，以及一个放满书的书架。从前门进入后，会直接到达一条很短但很温暖的走廊。一个身穿黑色衣服、围着白色围裙的老仆领我进门，并帮我把大衣挂在一边。

然后，她默默离开了。我开始打量这间房屋，一时间仿若在梦中。四周是深色的木板墙，一扇门的上方挂着一幅画，我十分熟悉，那是我画的那只金色的鹞，它正努力挣脱外壳的束缚。我站在画前一动不动，内心却是满满的感动。我想起了之前的种种，此时变得既快乐又伤感。在一瞬间，我眼前闪过无数的画面：老家大门上方的古老徽章、年轻的德米安在临摹那个徽章、自己屈服于克罗默的压迫、自己在宿舍画着梦中之鸟、心灵陷入混乱，所有这一切都在此刻再现，但我却积极迎合、回应着它们。

我眼含泪水盯着这幅画，然后目光下移，发现门口站着一位身材高大的妇人，身穿深色衣服。正是她。

我一句话都说不出来。她与德米安很像，脸上没有时间的痕迹，透着内心的强大，显得十分高贵，她冲我笑了笑。她的目光让我十分满足，她的招呼让我感觉就像回到了家中。我还是一句话没说，只是伸出手，然后她用那温暖的手握住了。

"你是辛克莱吧。我一眼就能认出来。欢迎欢迎！"

她的声音低沉而温暖，就像喝下一杯甜酒那样令人爽快。我抬起头看着她那平静的面庞、深邃的目光、新鲜成熟的双唇以及雅致的眉毛。她也有一个印记。

"非常高兴见到您，"我边说边低头吻了下她的手，"我现在就像是离家的孩子回家了。"

她像母亲一样笑了。

"人永远无法归家，"她说，"但在彼此的道路相交的那一刻，整个世界都是家。"

她与我所预想得一样。

她的声音与说话方式都与德米安非常像，但又大相径庭。她更成熟、更自明、更温暖。在他人眼中，德米安从来都不像个孩子；而现在看来，她也全然不像是孩子的母亲，她的脸庞与头发看起来那么青春、皮肤那么光泽、双唇那么红润。她比我梦中的那个形象更加完美。

这便是命运的指示，见到她，我不再游离在世界之外，整个人仿若新生，满心欢喜！我没有下定决心、没有发誓，却抵达了人生之旅的一个高峰；我感觉接下来的道路不再有任何艰难险阻，而直接通向一片乐土。此刻，我只是狂喜，她真真切切地存在于这个世界，我可以听到她的声音，可以呼吸到她的气息。不论她是不是我的母亲、情人或女神，只要她确实存在！只要我能接近！

她抬手指着我画的那幅画。

"马克斯收到这幅画时特别高兴，"她亲切地说，"我也很高兴。我们一直都在等你，而在收到画时，我们知道你已经出发了。在你还小的时候，辛克莱，有一天我儿子放学回家跟我说，他们学校里有一个小男孩，男孩的额头有个印记，会成为他的朋友。他说的就是你。你虽然一直经历挫折，但我们对你有信心。你们曾在假期时见过一面，当时你应该16岁，马克斯将你们之间的不愉快告诉了我。"

我打断道："他跟你说了？那是我最痛苦的时期！"

"是的，马克斯对我说：辛克莱陷入了最严峻的境地，他又试图逃避，他甚至开始酗酒。但他不会成功的；尽管他的印记被暂时遮掩，但仍在暗地里驱动着。他说得对不对？"

"对，的确是这样。后来我遇到了贝阿朵莉丝，并再次找到了一个引导者，他叫皮斯托留斯。那时我才意识到，为什么我小时候会与马克斯成为朋友，也明白了我们之间为什么始终存在羁绊。夫人，当时我常想要自杀。对其他人来说，路也这么难走吗？"

她摸了摸我的头，就像微风吹拂。

"万物出生便十分艰难，鸟需要破壳才能出生。问问你自己吧，是不是都很艰难？只有艰难吗？难道没有美好吗？能否找到一条更妙、更容易的路？"

我摇摇头。

"很难，"就像是梦呓，"一切都很艰难，直到我开始做梦。"

她点点头，她的目光似乎能穿透我的内心。

"是的，有梦，路才会好走些。但并没有恒久的梦，都是一个接一个，任何人都不能守着一个梦不放。"

我突然有些恐慌。她是在警告我吗，是拒绝吗？但一切都无所谓，我已准备好接受她的指引，不管终点在哪里。

我回应道："我不知道自己的梦还能持续多久，我希望它能一直持续下去。在画这幅画时，命运成了我的挚爱，我早已属于命运。"

"既然那场梦是你的命运，那你就忠实于内心。"她严肃地对我说。

突然，我心里泛起了哀伤，我希望在此刻死去。我感到眼中泛起了泪花，难以压制。我迅速转身跑到窗户前，茫然地盯着远方。

她的声音从我身后传来，还是那么平静、温柔。

"辛克莱，你这孩子！你的命运是爱你的。终有一天，你会完全掌控命运，就像梦中那样，你只需要坚定内心。"

我缓了缓情绪，转过头来。她向我伸出手。

"我有几个朋友，"她笑道，"我们的关系十分亲密，她们称呼我艾娃夫人。你要是愿意，也这样叫我吧。"

她领着我走到门口,打开门,指着花园说:"马克斯就在花园里。"

我站在高高的树下,震惊而又茫然,不知我是清醒,还是在梦境中。雨滴缓缓从树枝上滴落。我缓缓走向花园,这个花园沿河一直延伸。最后,我找到了德米安,他赤裸着上身,正在凉亭中打沙袋。

我停下脚步看向他。他的身材十分健美,胸膛宽阔、坚实,肌肉发达。双臂肌肉紧绷,从腿部发力,经肩膀传递至拳头,如行云流水。

"德米安,"我喊道,"你在做什么?"

他爽朗地笑道。

"练拳,我约了那个日本小子打一场,他像猫一样灵活,也很狡猾,但他赢不了我。我得好好教训他一顿。"说着,他穿上衬衫和外套。

"你见过我母亲了?"他问道。

"是的,德米安,你母亲太棒了!艾娃夫人,这个称呼太适合了,她就像万物的母亲。"

他盯着我的脸,若有所思。

"你这就知道她的名字了?你应该感到自豪,你是第一个一见面就能知道她名字的人。"

自那天开始，我时常拜访，就像艾娃夫人的另一个儿子，但也像个情人一般。每当我打开大门，看到花园中那高高的大树，我便感到无比幸福与充实。外部的世界比较现实，比如街道、房屋、行人、设施、讲堂和图书馆，但这儿却充满着爱，如梦如幻。这里并非与外部世界隔绝，我们的思想和讨论通常与外部世界相关，只是生活在不同的地方。我们与其他人之间并没有一个明确的界限，而有的只是另一种视角。我们的使命是在世界中填出一座岛，作为一种不同生活方式的原型或至少作为一种预期。我已孤立自己太长时间，因此明白，只有品尝过孤独滋味的人才格外珍惜友谊。我不再期待节日的欢聚，看到他人成群结队时不再嫉妒，同时也不再为乡愁所困。渐渐地，我开始接触到印记的秘密。

身上带有印记的人可能会被其他人视为"疯子"。是的，即使我们十分疯狂又比较危险，但我们十分清醒，并努力变得更加清醒，而其他人只会被理想、责任、生活和命运所束缚，随波逐流。当然，这些也是努力，也有其价值，但我们这些有印记的人相信，我们代表的是创新，而他们却故步自封。我们与他们一样都尊重人性，然而不同的是，他们将人性视为必须维持并保护的事物。而对我们来说，人性是遥远的目标，所有人都应朝着这个目标前行，但其没有明确的形象，也没有既定的道路。

除了我、德米安和艾娃夫人外，还有许多其他的探求者，但很少有人走上自己的路，为自己定下不同寻常的目标，坚持特定的想法或履行特定的义务。这些人中有秘术家和占星家、托尔斯泰的信徒、敏感而害羞的人、新教派信徒、印度苦行修习者，还有素食主义者。除了尊重彼此的理念外，我们之间在精神层面并没有多少共通之处。有些专注于人类过去对神和理想的探寻，对于这些人，我觉得更加亲切，因为他们会让我想起皮斯托留斯。他们常随身带着几本书，向我们解读着古老的语言，指引着我们看古老的标志和仪式，并教导我们，人类迄今为止全部的理想都来源于无意识的梦境，而人类在这些梦境中不断探索着未来的可能性。这样，我们了解了史前的众神崇拜以及基督教的起源；同时，我们也获知了圣人的信条和宗教在大众中的传播。基于这些知识，我们对当今的时代和欧洲形成了一种批判性理解。人类绞尽脑汁研发新型武器，但精神世界却一片荒芜。即使欧洲征服了世界，也找不回丢失的精神。

我们的圈子中也有一些人推崇救世说，包括试图在欧洲发展佛教的佛教徒、宣扬对邪恶不抵抗的托尔斯泰信徒以及其他教派的信徒。我们只倾听他们的理念，而将他们的学说视为隐喻。我们这类人并不担忧未来，对我们来说，所有信仰和学说都已经消亡。我们的义务和命运是，让每个人都找到自我，与自然保持和谐，了解未来的成长之路。

尽管难以表达，但我们均明显感觉到当今的世界即将崩塌，并再次获得新生。德米安经常对我说："即将发生的事将远超我们的想象。欧洲现在就像一头困兽，一旦脱困，必定不会多么友善。"无论如何，这都代表一直被压抑的灵魂重获自由。我们的日子就会到来，世人需要我们，并非需要我们作为领袖或立法者，而是引导他们响应命运的召唤。看吧，当理念受到威胁，所有人都将爆发出惊人的力量。但当出现一种新理念，或许出现一股危险的冲动，却没人采取行动。很少有人会有所准备，那么就只能靠我们了。这便是我们的印记存在的意义。该隐的意义便在于激起人们心中的恐惧与憎恨，将众人从田园赶至荒野。毫无例外，那些改变人类历史进程的人都是做好准备

艾娃夫人

响应命运的人。例如摩西、释迦牟尼、拿破仑和俾斯麦[①]。不论他们投身的事业如何，他们的目标是什么，都不由自己选择。如果俾斯麦了解社会民主主义，并信仰它，那么他可能无法获得那样的成就；同样，拿破仑、恺撒、洛约拉等都如此。我们必须从进化和历史的角度考虑这些事情！当板块运动将海洋生物赶到陆地，将陆地生物赶下海洋，只有那些顺应命运的物种才会实现进化；它们通过调整自己的生物本能，而从毁灭中幸存了下来。我们不知道这些物种是否也分为保守派和激进派，但我们知道它们做好了准备，并带领整个物种走上了进化之路。因此，我们必须做好准备。

艾娃夫人经常参与这种讨论，但她并不发表意见，她通常只是倾听，她信任也了解我们，就像这些想法都来源于她，而最终又都回归于她。我只是坐在她身边，偶尔听着她的声音，感受着她的气息，便让我无比幸福。

每当我有任何异动，有任何不开心或产生什么新想法，她都能立刻感觉到。我甚至觉得，我的梦境都因她而

[①] 德意志帝国首任宰相（1871-1890），人称"铁血宰相"。

产生。我时常向她讲述我的梦，而她总能解读，没有什么她不理解。有一段时间，我反复梦到白天的谈话。我梦到，整个世界都陷入了混乱，而我自己，或与德米安一起，紧张地等待着那剧变的时刻。命运仍掩藏在迷雾之中，但已有艾娃夫人的身影：被她选中或摒弃，这便是我的命运。

有时，她会笑着对我说："辛克莱，你的梦不完整，缺少了最精彩的部分。"之后，我会记起那些部分，但不明白为什么会遗忘。

有时，我对自己很不满，并受欲望的折磨，我若靠近她，就再也忍受不住想要将她拥入怀中。她也感觉到了，在我产生这个念头的瞬间就感觉到了。我克制住好几天没去找她，但最后忍不住又去了，她将我带到一边，对我说："你不该深陷于不切实际的欲望，我知道你内心深处的欲望。但你应该放弃这些欲望，或者找到正确的处理方式。一旦你学会这些，你的内心便会得到满足。但你现在既有欲望又悔恨，时刻担惊受怕，因此你必须学会解决。我给你讲个故事吧。"

接着，她讲了一个年轻人爱上一颗星球的故事。她说，那个年轻人站在海边，张开双臂向那颗星球祈祷，传达自己的爱意。但他知道，自己不可能拥抱星球。他明白这是他的命，爱上一颗天体。他无法放弃，只能整日沉默着、痛苦着，但这却让他变得成熟。他的梦中只有那颗星球。有一次，他深夜来到海边，站在高高的悬崖上，盯着那颗星星，心中的爱喷涌而出。在极度渴望中，他纵身跃向那颗星星，但在跃下的那一瞬，他脑海中闪过"不可能的"。他最终掉到了海岸上，摔死了。他不懂如何去爱，但如果他在一跃而起的那一瞬间坚信自己的爱，那么他便会成功飞向那颗星星，投入它的怀抱。

"爱不是通过乞求，"她继续说道，"或索要得到的。爱意味着坚定内心，这样被爱吸引就会变成吸引别人爱你。辛克莱，你的爱吸引到我了。一旦我被吸引，我就会向你靠拢。我不会主动，我只能被征服。"

之后，她又讲了一个故事。故事的主角是一个苦恋之人，他完全沉浸于内心，认为他所爱之人会对他着迷。他迷失了自我，看不到蓝天、绿树，听不到溪流潺潺，也欣赏不到竖琴的美妙音符。他抛弃了一切，变得可怜而卑微。但他的爱却愈加炽烈，他宁愿死也不愿放弃对那个漂亮女人的爱。随后，他发现那炽烈的爱燃烧了一切，那光芒定会吸引他所爱的女人。而最后，当那个女人来到他身边,当他张开双臂准备拥抱她时,她却完全变了样子,变成了他曾遗失的一切。她站在那个男人身边,投入他的怀抱。这时,天空、森林、小溪又都回到了他的身边,重新焕发着光彩。他不只赢得了一个女人的欢心,天上的星星也为他闪烁,他的灵魂也因喜悦而闪耀着灿烂的光芒。他爱着,成功找到了自我。然而,大多数人却因为爱而迷失了自我。

那段时间,我的心中装满了对艾娃夫人的爱,但爱的方式却每天都不相同。有时,我觉得吸引我的并非她本人,而是我内心中的一个意象,其唯一目的就是引领我探究内心深处。她说的话很多时候都像是我潜意识中那些问题的答复。还有时候,我坐在她身边会产生强烈的欲望,甚至想要亲吻她触碰过的东西。肉欲与精神之爱、现实与意象渐渐开始重叠。后来,每当我在屋内热切地想起她,我会觉得自己握着她的双手、吻着她的唇。有时,在她家里,我会直直地看着她的脸,痴痴地听着她的声音,不知道那是现实,还是一场梦。我渐渐懂得如何拥有永恒的爱。读书让我明晰,就像是艾娃夫人的吻。她抚摸着我的头发,亲切地冲我微笑,我感觉自己又朝着内心深处迈出了一步。所有重要且与命运相关的事情中,都存在她的身影。她能够走入我的思想，而思想也能幻化成她。

圣诞节临近了，我需要和父母一起过，这一度让我不安。两周见不到艾娃夫人，我想我会变得异常焦虑。但事实并非如此，在心中思念她也是一番美妙的体验。回到H市后，我又等了两天才去找她，在这两天里，我尽情享受她不在身边的独立感。我还做了几场梦，在梦中我与她实现了结合：我变成了河流，而她变成了海洋，河流奔涌入大海。我与她都变成了星星，我们彼此吸引、彼此环绕。

再次见到她时，我跟她讲述了这个梦。

"很美的梦，"她平静地道，"那就让美梦成真吧。"

早春的一天，我又去她家，那天令我终生难忘。我走进门廊，发现一扇窗户开着，风信子的花香随风吹入房间。楼下没有人，我便上楼去德米安的书房。我轻轻敲了敲门，然后像往常一样没等回复便推门进入。

所有窗帘都拉上了，屋内很暗。隔壁房间的门开着，那是德米安的化学实验室。只有那里才射入一缕阳光。我以为没人，于是拉开了窗帘。

德米安呆坐在窗前的凳子上，看起来很怪异。这似曾相识！

我之前见到过他这样！他双臂下垂，双手搭在膝盖上，头略微前倾，双眼圆睁但没有焦距，毫无生气。他的瞳孔反射着刺眼的阳光，仿佛一片玻璃。脸庞僵硬、毫无表情，就像是寺庙大门上古老的野兽面具。他甚至也没了呼吸。

我惊慌地退出了房间，跑下楼去。在门廊那，我遇到了艾娃夫人，她脸色苍白，显得很疲惫，我从未见过她这样。这时，一片阴影飘过窗户，霎时遮住了刺眼的阳光。

"我刚才去德米安的房间了，"我着急地说道，"发生什么事了？我不知道他是睡着了，还是在走神，之前也出现过这种情况。"

"你没喊醒他，对吧？"她连忙问。

"没有。他没听到我进去，我很快就出来了。您知道他到底怎么了吗？"

她抬手，用手背抹了下额头。

"别担心，辛克莱，他没有事，他只是暂时这样，一会就好了。"

她站起来，向花园中走去，天开始下雨了。我想她并不愿意我跟上去，所以我在门廊里来回踱步，呼吸着风信子的香味。我抬头看着门口上方挂着的那幅画，我画的那只鹞。那天早上，房间内的气氛令人窒息。怎么了？到底发生了什么？

艾娃夫人很快便返回了，发梢上挂着雨滴。她走到扶椅前坐下，看起来非常疲惫。我走上前去，弯下腰，吻去那发梢的雨滴。她的双眼明亮而平静，但雨滴却有泪珠的味道。

"我要不要去看看他好了没？"我小声问道。

她虚弱地笑了笑。

"别像小孩那样，辛克莱！"她声音很大，似乎想要打破心中的某种束缚，"出去走一会吧，等等再回来。我现在没力气说话。"

我小跑着出了房子，朝着远处的高山跑去。细雨洒落在我的脸上，低低的云层压得我喘不过气来。地面附近没有一丝风，但高处似乎有一场暴风雨在肆虐。透过青灰色的乌云，偶尔有苍白的阳光透过。

天空中飘来一片黄色的云，与那灰色云团碰撞到了一起。很快，起了一阵风，扰动着这两个云团，仿若一只大鸟挣脱了乌云，拍打着翅膀飞向天空。随后，大雨瓢泼而下，其中还夹着冰雹。突然响起一声短促、骇人的雷声，一道闪电劈向了大雨肆虐的原野。突然，一缕阳光穿透云层，照耀着山顶的积雪，在下方棕色森林的映衬下，显得如梦如幻。

几个小时后,我回到了艾娃夫人家,全身湿透、头发凌乱,德米安替我开的门,然后领我上楼。实验室中亮着一盏煤气灯,地面上散落着纸张,很显然他刚才在研究什么。

"坐吧,"他对我说,"你看起来真憔悴,这该死的天气。一看你就刚从外面进来,我让仆人准备了热茶。"

"今天发生了一些事,"我有些迟疑地说,"不止这场暴风雨。"

他诧异地看着我。

"你看见什么了?"

"是的,我看到乌云构成了一幅画,非常清晰。"

"什么画?"

"一只鸟。"

"一只鹞?你梦到的那只?"

"是的,我梦到过。那是一只黄色的大鸟,它飞向了深蓝色的云。"

德米安叹了一口气。

这时传来了敲门声,是仆人端了热茶上来。

"喝吧,辛克莱。我还是不信你能凑巧看到那只鸟。"

"凑巧？才不是凑巧。"

"嗯，对，没有那么多凑巧。你知道它意味着什么吗？"

"不知道。我只是觉得它意味着破裂，意味着又朝命运走了一步。我觉得它与我们所有人都有关联。"

他兴奋地走来走去。

"朝命运走了一步！"他喊道，"我昨晚也做了一个梦，母亲也有某种预感。我梦见自己在爬梯子，而梯子靠在树干或塔楼上。爬到顶部后，我看到了远处的平原、城镇着起了大火。我没法说明白，因为有些意象我自己也没搞明白。"

"你觉得这个梦与你相关吗？"

"当然，日有所思夜有所梦嘛。但你说得对，它不仅仅关于我自己。我将梦分为两类，一类是揭示我内心活动的梦，一类是关乎人类命运的梦，第二种很少出现。我几乎没做过预示未来的梦，不知解读得是否恰当。但可以确定的是，我做过这样的一个梦，这个梦是我之前所做的梦的延续。辛克莱，从这个梦中我产生了一种预感。我们都明白，世界早已腐朽不堪，但这并不表明世界即将崩塌。但这几年，我一直做一些梦，我觉得旧世界的崩塌即将发生。一开始,只是微弱的暗示,但现在变得越来越强烈,越来越清晰。我有预感,世界即将产生剧变,我自己也会牵扯其中。辛克莱,我们之前谈论过,而我们将见证这一剧变。世界想要净化自己。现在,空气中弥漫着死亡的气息。没有死亡便没有新生,但实际可能比我想得还要可怕。"

我看着他,惊骇莫名。

"剩下的梦呢,能再讲讲不?"我问道。

他摇摇头说:"不行。"

这时,门开了,艾娃夫人走了进来。

"我希望你们没说些悲伤的话。"

她又焕发了精神,所有疲劳一扫而空。德米安冲她笑了笑,她走了过来,就像一位母亲过来安慰受惊的孩子。

"没,我们还好。我们只是在试图解读几个新征兆,但没弄明白。该发生的终究会发生,到时候我们就会知道了。"

但我却感到十分沮丧,于是道了声别,独自离开了。院中的风信子香似乎透出了一种死亡的气息,头顶上方似乎也笼罩了一片阴霾。

结束与新生

夏天,我说服了父母,他们允许我在H市再待一个学期。我和德米安几乎一直待在河畔的花园中,而很少进屋。那个日本人离开了,他在决斗中输给了德米安。托尔斯泰的信徒也离开了。德米安养了一匹马,每天大部分时间都在马背上度过。通常只剩下我和艾娃夫人。

有时候我很惊讶,我的生活居然会变得这么平静。我很久之前便已习惯了孤独、自我否定以及在痛苦中挣扎。在这几个月,我却像是生活在梦中,每日的生活舒适而安逸,周围的一切都令我感到愉悦。我觉得,我们预想的新生活或许就是这样。但这种幸福却让我产生了深深的忧虑,因为我知道这不会长久。我并不适应这种惬意的生活,心中总是想要寻觅苦楚。

我觉得自己总有一天会从美梦中醒来,再次变得孑然一身,孤零零地走在冰冷的世界中,伴随我的只有孤独与挣扎,我将不再平静、放松,不再合群。

在这样的时刻,我加倍迷恋着艾娃夫人。令我欣慰的是,我仍然可以享受这些美好与宁静。

夏天的那几周过得飞快,学期快要结束了,我很快就该离开了。我不愿去想,而试图抓住每个美好的日子,就像蝴蝶黏在甜蜜的花朵上。这段时光十分幸福,我的人生第一次感受到了满足,第一次融入了一个圈子。接下来会怎么样?我又会开始挣扎、忍受折磨、持续做梦,我又会变得孤身一人。

一天,我产生了强烈的预感,我对艾娃夫人的爱突然让我的内心十分痛苦。天哪!我很快就得离开了,再也见不着她了,再也听不到她那坚定的脚步声,再也没有人悄悄在我桌上放一簇鲜花了!我得到了什么?我一直在做梦,沉迷于梦中而心满意足,却没有采取行动去争取,没有努力去拥抱她!我记起了她曾跟我谈论过真爱,她曾多次暗示、诱惑甚至承诺过,但我做过什么了?

没有,我什么都没做!

我走到房间中央,站着一动不动,凝聚心灵的力量,向艾娃夫人传递我的爱与呼唤,期望她会感应到并来到我面前。她一定回来,也一定渴望我的拥抱,而我会贪婪地吻上她的红唇。

我站在那,集中了所有的精神。随后,我感觉手指与脚趾变得冰凉,气力似乎散佚殆尽。但我内心深处似乎萌生了什么,明亮而清凉,就像一颗水晶。我明白,那是自我。寒意开始直逼胸口。

挣脱这种紧张状态后,我预感到接下来会发生点什么。我变得精疲力竭,却坚持着,想要看到艾娃走进来,想要感受她的爱与激情。

长街尽头传来了马蹄声,越来越近,然后突然停住了。我跑到窗户边,看到德米安回来了。于是,我跑下楼。

"怎么了,德米安?"

他似乎没听到我说什么。他的脸色异常苍白,脸上的汗流个不停。他把马拴在围栏上后,拉着我的胳膊朝外面走去。

他边走边说:"你听到什么消息了吗?"

我表示什么都没听到。

德米安抓着我的胳膊,直直地看着我。他的眼中透着一种阴郁与同情的神色。

"是的,开始了。你知道我们与俄国……"

"什么?开战了吗?"

尽管周围并没有其他人,但他仍压低了自己的声音。

"还没有宣战,但战争爆发是肯定的了。相信我,自从上次后,我又看到了三个预兆。那不是世界末日,不是革命,也不是地震,而是战争。你很快就会有感觉!所有人都十分兴奋,他们的生活太无聊了,甚至期待现在就开战!但你会发现,辛克莱,这只是开始。会发生一场大战,范围将超乎想象。但那也只是个开始。新的世界已经蠢蠢欲动,这对那些守旧派来说将是一场灾难。你打算怎么做?"

我目瞪口呆,他说得太不可思议了。

"我不知道,你呢?"

他耸耸肩,接着道:

"只要一有动员令,我便会参战,我可是一名中尉。"

"你?中尉?我怎么不知道!"

"是的,这是我顺应内心的一条路。你也知道,我并不喜欢太过招摇,但我还是决定这样做。大概一周后,我便会上前线。"

"啊?天哪!"

"别那么伤感。当然,指挥士兵向活生生的人开火并不是什么有趣的事,但战争就是这样。我们每个人都将被卷入其中,你也会。"

"那你母亲呢,德米安?"

这时,我才想起一刻钟前的事。世界一下子变了个样！我用尽全力幻想最美好的画面，但命运却带着一张恐惧的面具来到了我面前。

"我母亲？不用担心啦，她很安全，比其他任何人都安全。你很爱她是吧？"

"你怎么知道的？"

他舒了一口气，轻轻笑道：

"我当然知道。喊她艾娃夫人的，一般都会对她产生爱意。你今天一定在心中召唤她或者我了？"

"对，我召唤她了。"

"她感觉到了，于是让我来找你。我也刚跟她透露了我们与俄国的局势。"

我们转过身，又随便聊了几句。德米安翻身上马，离开了。

直到回到房间，我才突然感到精疲力竭，德米安带来的消息让我十分紧张。但艾娃夫人感受到了我的召唤！我的想法抵达了她的内心。要是她自己来找我就好了……一切本该那么美好，但该死的战争要爆发了。我们之前曾多次讨论过战争，德米安总能提前知道些什么。世界的洪流将不再从我们身边绕过，而是直接穿透我们的内心。世界想要改变，她需要我们。德米安说得对，我不该伤感。我要做的是，与其他人，实际上是与整个世界，一起响应命运。好吧，就是这样！

我已经做好了准备。傍晚，我从市中心走过，每条街道都显得躁动不安，一切都汇成了一个词"战争"。

我来到德米安家，那天只有我一个客人。我们在凉棚中吃了晚饭，但谁也没提战争的事。直到我离开前，艾娃夫人才说："辛克莱，你今天召唤我了，对吧？我想你也知道我没亲自找你的原因。但你要记得，你学会了如何召唤。如果你以后需要我，你可以继续这样召唤。"

她站起来，先我一步朝花园走去。在晚霞中，我看着那个高大、优雅的身影缓缓消失在了树林之中。

我的故事到这就快结束了。时间过得飞快，战争爆发了。德米安穿上军装，奔赴了前线。我将艾娃夫人送回了家。不久之后，我自己也离开了。离开那天，她吻了我的唇，抱了我一会，然后直直地盯着我。

一夜之间，似乎所有人都团结到了一起，都在谈论"祖国""荣誉"什么的，但背后呢，我看到了他们隐藏的命运。年轻人走出营房，一队队登上列车。在许多年轻的脸上，我看到了各种印记，虽然与我们的印记有所不同，但同样美妙而庄严，代表着爱与死亡。陌生的路人一个个上来拥抱我,我也积极地回应着,这是内心的冲动使然,是对命运的顺从。但这种冲动也十分神圣,我从他们的眼中看到了命运。

我抵达前线时,已经到了冬季。尽管刚开始战火令我很激动,但随后一切都变得无聊。我一度在想为什么很少有人能够为理想而活。现在,我发现很多,甚至所有人,都坚持着同一个理想。这个理想不属于个人,也不可以自由选择,但人人都接受。

随着时间的推移,我意识到我低估了这些人。命令和危险将所有人拧成了一股绳,我还看到许多人庄重地响应命运。不只在战斗中,他们每时每刻都透着僵直、疯狂的目光,他们没有目标,有的只是服从。不论心中所想的是什么,他们都已做好准备,打出一片未来。所有人都陷入战争和英雄主义,追逐着荣誉和陈旧的理想,而人性似乎越飘越远。这些都浮于表面,就像战争的政治目标一样。而在表面下方,有什么东西正在成型,似乎是一种新的人性。我看到许多人,有些在我身旁死去,都表现出敌意与愤怒,内心中充斥着杀戮与毁灭,他们丧失了目标。不,这些目标只是偶然。最原始、最疯狂的想法最初都不针对敌人,而只是内心想法的映射,代表着内心的分裂,充斥着愤怒以及对杀戮、毁灭和死亡的渴望,并期待着新生。

早春的一个傍晚,我在占领的农场负责警戒。春风断断续续地吹过,显得懒洋洋的。天空中成片的云彩飘过,挡住了月亮。我一整天都感到不安,担心会发生些什么。于是,我站在岗哨处,回忆着艾娃夫人和德米安。我斜靠在一棵杨树上,盯着天空飘过的云。云团翻腾,不断变化着形象。我突然感到异常虚弱,皮肤对风雨也感觉迟钝起来,但我的意识告诉我,我的人生导师就要来见我了。

云层中,我似乎看到了一座巨大的城市,里面生活着数百万人。人群中,有一个身影十分有气势,像山一样高大,发梢处星光点点,看起来好像艾娃夫人。她张开嘴吞下无数人,就像是将他们扔进了漆黑的洞穴。她站在地上,额头上的印记闪闪发光。她似乎在做着噩梦:她双眼紧闭,脸庞因痛苦而变得扭曲。突然,她大喊一声,额头处迸射出无数星星,数以千计的星星在黑色的夜空中划出一道道弧线。

其中一个径直冲向了我,因摩擦而产生了刺耳的声响。它仿佛就在找我。紧接着,它撞向地面,火花四射,气浪将我掀到空中,然后又狠狠摔倒地面。世界轰的一声崩碎了。

其他人在杨树旁发现了我，当时我身上盖了一层土，伤痕累累。

他们将我拖进了地窖，我只记得头顶上枪声呼啸。后来，我被抬上了一驾马车，穿过荒野向后方转移。大多数时候，我都在昏睡或处于无意识状态。但睡得越沉，我便越能感觉到，有某种力量在呼唤着我。

我躺在马厩中，身下铺了一层草料。里面伸手不见五指，有人踩到了我的手。我的内心渴望继续前行，而这种呼唤的力量越来越强大。第二天，我再次被搬上了马车，再后来换成了担架。我强烈感受到，自己被呼唤着去一个地方，而我觉得自己必须去那儿。

最后，终于到了。当时是深夜，我完全清醒了过来，再次感受到了那种渴望。我发现自己躺在一个大厅中，感觉自己已经到达了召唤我的地方。我偏了偏头，发现身旁躺着另一个人，他撑起身子看着我。他的额头上有着一个印记，是马克斯·德米安。

我说不出话，他也说不出，或许是不愿说，只是盯着我看。他身后的墙上挂着一盏灯，借着灯光，我发现他在笑。

他直盯着我的双眼，时间仿佛过去了许久。他缓缓靠了过来，我们的脸几乎贴在了一起。

"辛克莱！"他小声道。

我瞅了他一眼，表示我听到了。

他又笑了一下，带着一丝同情。

"小家伙。"他微笑着说道。

他的嘴唇几乎贴到了我的脸上。

"你还记得弗朗兹·克罗默吗？"他问我。

我冲他眨眨眼，笑了笑。

"小辛克莱，听着，我明天就得走了。你以后要是再遇到克罗默那样的人，或遇到什么麻烦事，当你呼唤我时，我可能无法像这样骑上马或搭火车来看你了。你必须倾听自己的内心，那时你会发现，我就在你心中。明白了吗？对了，艾娃夫人说，如果你遇到了麻烦，我可以将她的吻给你，她先吻的我，现在我把它给你。闭上眼睛，辛克莱！"

于是，我闭上了双眼。我感觉到他轻轻吻了吻我的唇角，那儿沾着血丝。然后，我就睡着了。

第二天一早，有人喊醒了我，是伤口该换药了。我清醒过来后，第一件事就是侧头看旁边的垫子。但上面躺的是一个陌生人。

伤口很痛，之后的一切都很痛苦，但有时我却可以深入内心世界，命运的意象在黑暗的镜子中沉睡，我只需要弯腰便能看到自己的意象，现在我和他越来越像，我的兄长，我的人生导师。